愿你独立美好地过一生

做一个独立、坚定、自由的姑娘

I HOPE YOU have an
INDEPENDENT and
WONDERFUL LIFE

趴趴
papa

著

北京联合出版公司
Beijing United Publishing Co.,Ltd.

目录

CONTENTS

..

PART 1

1~35

你是好姑娘，不愿你受伤

37~70

我们都一样，年轻又彷徨

71~94

青春还尚好，易笑不易哭

95~131

你要很多爱，更要全世界

133~164

你也懂温柔，但更有力量

165~185

所有的努力，都是为前方

185~226

永远别忘记，抱抱你自己

227~257

我要做公主，也能做女王

你是好姑娘，不愿你受伤

GOOD GIRL
COMES WITH
LIGHT

姑娘，
你要找到那个
能与你彼此呼应的人

/

绿蒂是我远房叔叔的女儿，高中刚刚毕业，情感方面如同刚被放风的小狗狗，满地撒欢。大人们对此睁一只眼闭一只眼，把小孩子样的你侬我侬看作过家家。可是有一天，她无比认真地通知大家，她找到了真爱。

二十一世纪的今天，一个女孩，在十八岁时就能找到真爱的几率少到和中彩票一样。大人们原本也没有太当回事，直到她说要和这位真爱远走高飞。

她强调，那个人就是她一生的归宿，是她的 Mr.Right。

绿蒂说，她要转学到那位真爱所在的城市，她等不及毕业了。"反正早晚都要和他在一起，何必多浪费几年？"

绿蒂的爸爸妈妈拗不过她，提出要见一见男方，这个要求不过分吧？

于是，绿蒂一家三口，和绿蒂的那位真爱见面了。

对方的年龄明显比绿蒂大得多，而且吃定了绿蒂对他死心塌地，所以并没有对绿蒂的爸爸妈妈展现出太多的敬意。

一顿饭吃完，要埋单时，他拿出了抵扣券、满百减十券、手机预订优惠码……交给服务员，然后又就能不能抹零的问题和服务员争执起来。绿蒂爸妈的脸当时就绿了。

回到家，绿蒂爸妈表示，对他们二人的事情坚决不同意："别的不说，就说结个账，对家长都那么抠抠搜搜的，对你还能好到哪儿去？！"

"真爱"也对绿蒂抱怨："你爸妈好难伺候，请他们吃饭还给我脸色看。"

绿蒂觉得她的真爱现在条件不好，父母不应该对他要求太多。她觉得自己父母太不懂得呵护女儿的感情了，她遇到一个真爱容易吗？！

绿蒂的爸爸怒了，可是绿蒂更怒，认定了爸妈老朽且庸俗，坚决要求他们不要再管自己的事情，甚至以离家出走、再也不和家人联系相威胁。

绿蒂如愿以偿，她欢天喜地离开了家门。可惜一个暑假没有结束，她就在电话里哭得肝肠寸断，说她的真爱变了。地也让她扫，饭也让她做，时不时地还问她要钱花，她去超市买瓶润肤露都要骂她败家，她如果反抗，就会说她物质、现实、以及——"我原以为你是个与众不同的女孩，谁知你和别的女孩一样现实，而且一点都不懂我，不能跟上我的节奏！"

//

经常有人感慨，说某某女孩人真好，就是太傻、太痴情，结果放着好好的日子不过，去吃苦受罪；另外一个女孩看起来不怎么样，一点也不单纯，不招人喜欢，可是日子过得顺风顺水，得意着咧！

我想说的是，那些所谓"不单纯"的女孩，往往懂得怎样的爱情是自己向往的、怎样的男生是自己欣赏的、怎样的生活是自己想要的。她们在追求爱情的道路上，眼睛只看向自己真正渴望的那一处，而不是无论撞进谁的怀抱都昏头昏脑。她们在一些人眼里很挑剔，甚至过分冷静，仅仅是因为她们知道，爱情是苦时相濡以沫、乐时相知相伴，是两个人步调一致，彼此呼应，而不是一个人源源不断地提供营养供另外一个人生存——那不是爱与被爱，那是剥削与被剥削。

我的同学小妩，就是经常被人用六分怜惜、三分赞赏还有一分幸灾乐祸的口吻说"真是个好女孩"的那类女生。她人够美，一进学校就被评为系花；成绩也好，几乎每次奖学金都有她的份；家境不错，中产有余，富豪不足。这样的女生被很多人追，也属正常。

记得那段时间，大家每天的乐趣都是讨论小妩会和谁在一起，是高大帅气的A，还是年少多金的B，抑或才华横溢的C？阅尽千帆的大师姐皱起了忧郁的眉头，说："这孩子，十有八九要栽到貌不惊人的D手里。"那时候，我们还没有领教过大师姐的厉害，对这种毫无科技含量的预见，不约而同地嗤之以鼻。

然后……事实证明大师姐说中了。

看着冰肌雪肤的小妩和平淡无奇的D并肩走在校园里，我们都发自内心地感叹："真是一朵那啥插在了那啥上。"

有人和我们感觉不同，他们认为，小妩真是一个傻傻的纯洁女生，一个盲目的天真女生——这到底是夸赞还是贬损啊？

何以见得？你看！她不攀龙附凤，不以貌取人，不拜金，不歧视不如自己的人。

这话听得我都蒙了……Excuse me？抛开最后一句不评价，对杰出人物的崇拜、对美的追求、对硬通货的向往，难道不是人类的美德吗？

如果喜欢的、欣赏的、向往的，却是截然相反的东西，那才令人疑窦顿生吧？！

因为小妩向来品位不俗，所以我们一度以为，D 一定有不为人知的可爱之处。

八卦如我们，多方打探，可惜到最后失望大于惊喜。

而小妩却日渐消瘦，日渐焦灼，问起来才知道，一开始的新鲜感过去之后，D 和她的共同语言越来越少，她若表露出超出 D 认知范围的东西，D 就会敏感地反问她是不是看不起他，弄得小妩不胜其烦。而 D 一开始的宽容也消失殆尽，反过来说小妩表里不一，蒙蔽了他纯真少男的双眼。

///

许多人，包括媒体，遇上点事都爱评价这个女的"太现实""太虚荣""太物质"，说得好像男人不现实、不虚荣、不物质似的。还要鼓励女生笨一点，一叶障目不见泰山一点，不能太理智、太冷静，甚至不能太有眼光，因为，那样就不可爱了。我向来觉得，希望将女性"驯化"成只懂牺牲不求回报、吃苦在前享乐在后、视金钱如粪土、俨然要与社会进步方向背道而驰的样子的人，一定怀有难与外人道的龌龊心思。

说到这里，不得不"祭出"我的表哥李李子了。我表哥李李子，除了个头高，其他优点暂时看不出来。他成为我表兄弟里婚姻最顺利的一个，我想这得益于他面对异性时所向披靡的气派。

不得不说恋爱也是一种博弈，气焰这东西，乃是此消彼长。说起来，我表嫂无论是长相、工作还是家庭条件，都高出我表哥，然而我表哥就是能一开始就占据道德高地，认为女生就是要爱男生的一无所有，女生找比自己条件好的男生就是势利，当然了，由此可推，找条件不如自己的男生就是高尚。

而在一起之后，正因为女生条件好一些，所以更要时时处处维护男生的自尊心，否则就有歧视对方之嫌。

而且，因为夫家条件不如自己家，所以女生要多花费精力、心思在夫家，使他们家更好。而自己家已经不错了，所以不但不用多操心，而且时不时地要让自己爸妈操操自己小家庭的心。

好了，一个贤惠的女性就这样（被）诞生了！

虽然我为自己能有一个优秀的嫂子而开心，表哥婚后对表嫂也还不错，但是我依然要说，女孩，希望你在爱情里，冷静一些、客观一些。

这并不是教你只要金钱不要爱情，不是教你把物质看得比人重要——那样也不可能幸福，而是让你在选择爱人时去牵那个最匹配的人的手，是让你选择会让自己有收获从而整个人变得更好的爱情。你和那个人，生活的阶层差别不大，对周遭的认知也相投契，这样的你们，说起往事有共鸣，构想起未来有一致的憧憬，在人生的道路上，有彼此呼应的行进节奏；这样的你们，在一起的每一天都会幸福。

而我在生活里，遇到了太多因为林林总总的原因凑合着和某个人在一起的女孩，她们奉献出了一段宝贵的人生和金子般的感情，却依然两手空空。

- END -

2
NO.

你爱他，
可你
不欠他

/

"可能大家都太渴望爱了吧，所以一旦得到，就要恃爱行凶，只顾自己张扬得爽，不顾别人累得慌。"

果儿原本是想从我这里得到安慰的，等来的却是上面这串凉飕飕的话，就更加不开心了。

我也实在是没了耐心，而且若这个时候还安慰她，就是在骗她。

果儿单身二十几年，整天做披头散发状，拍门喊着空虚、寂寞、冷。有一天突然不喊了，我们就都知道这是有情况了。

再出现时，她袅袅婷婷地站在一个寸头男的身边，表情里有两分羞涩、三分得意，还有五分足足的"瞧啊，有人爱我了"的炫耀。

看到的人都有几分不舒服——你发现了没有，让看到的人不舒服的恋爱，基本上都下场不好，可能这就是传说中的"秀恩爱，分得快"吧！

果儿说，她是一艘小船，寸头男是她的码头，找到了寸头男，她从此不再漂泊，而要停泊在对方宽广的怀抱里，看蔚蓝天空。

从此，果儿瘫软了一样，走起路来弱不禁风，拂面的长发后面露出胆怯的眼神。她变成了一个肩不能扛、手不能提的人，帮她扛、帮她提的自然是寸头男。

随着爱情的到来，她成了一个没有决断力的人，面对问题，她的回答往往是去问问寸头男，让他来帮着做决定。她不想再为琐事动脑。

她也变成了一个物质的女孩，突然对很多东西都想买买买，尽管这些东西大多都超出了她的经济能力，为她埋单的，自然是寸头男。

她的脾气也变大了许多，连在食堂排队不小心和别人有了磕碰，她都会对对方大为光火，就好像之前的日子里充满了忍耐，只待寸头男来了，为她出一口气。

朋友们自然为她高兴，因为，看得出来，寸头男是真的爱她。可是看到寸头男偶尔流露出有心无力的样子，大家不免也会劝劝果儿："心疼寸头男一点啊，你看上次他都忙得不可开交了，你还这么任性。"果儿只娇笑地回答："谁让他爱我呢？"

//

看到一档节目，一个男人，他很善良，在初恋女友罹患白血病去世后，接过照料对方的双亲的担子。他自己的伯父、伯母身体不好，患了疾病，他也主动照料。他和妻子的父母年事已高，也是需要照料的老人了——只是，事情这么多，他工作太忙，照料八位老人的事情都是妻子在做。

继续看下去，节目里说，有这么大一摊子事，妻子理所当然地累病了，因为她忙得没有时间好好照看身体。

作为一档意在弘扬奉献精神、感动观众的节目，自然是对这位妻子大加夸赞，说她因为爱，为丈夫付出了太多。

在电视机面前的我，真是憋得难受。我只想说，若这位妻子是我的亲人，我真的不愿意她过这样的生活，不愿意她这样付出，享受这样的荣誉——何况，更多的荣誉和赞扬是给她丈夫的，她获得的只是一个"默默奉献奖"，不及丈夫的"爱岗敬业、勇于牺牲、乐于奉献奖"来得振聋发聩。

真想问一句，因为她爱你，所以她欠你的？

她爱你，所以就要不顾自己的承受力，扛起你揽来的活儿？她爱你，所以忙里忙外都是应当的，分外的事做得越多，就越能凸显她的真心？她爱你，所以要为你的事业牺牲自己，连看病的时间都要被挤压至没有？

说句招人骂的话吧，那些觉得因为爱自己，所以对方为自己做什么都心安理得的人，有没有想过，自己对不对得起对方的爱呢？

///

有句话流传甚广："我一生渴望被人收藏好，妥善安放，细心保存。免我惊，免我苦，免我四下流离，免我无枝可依。"这说中了多少人的心，多少人会因此觉得，找到爱就够了，遇到爱自己的人就到达目的地了。

我理解那种与生俱来的不安全感——那几乎属于全人类。然而爱情不是一只安全的盒子，对方也不是拎盒子的人，你更不是只要拥有了爱情，端坐在包装整齐的盒子里数自己的手指头就够了。

所以这句话下面还有一句："但那人，我知，我一直知，他永不会来。"

太多人期待有一个人因为爱自己，就能帮自己解决生命里的所有难题，为自己开拓人生的疆土，替自己处理掉生活里的琐碎，而自己呢，只要心无旁骛地"做自己"就够了。这样的人也许有，但是只会发生在"一方拥有雄厚的财力、家庭积累、社会资源，另一方拥有让人可欣赏的才华、美貌、令人舒服愉悦的能力"这样的情况之下。而对于绝大多数的普通人来说，爱情都是在互相支撑、互相鼓励、互相陪伴之下才能长久存在的。爱情从来都不是一劳永逸的事情啊。

////

其实啊，这种事情，在亲人之间，尤其是父母和孩子之间发生得更多。

父母对孩子的爱是极深、极浓的了，孩子要依赖父母才得以成长，然而人人都是肉体凡胎，那些被"父母之爱伟大如神"的宣传冲昏了头脑的孩子，时不时会觉得委屈，比如父母没有考虑自己的感受；比如父母更爱另一个孩子；比如父母对自己耐心有限；比如父母爱自己甚过爱他（她）……

到了晚年，父母要依赖孩子才得以生活，自己曾经付出了那么多，可是孩子光是应付生活就已经竭尽全力了，那些被"老人对孩子都是全心全意，孩子对老人有一份心就不错了"的舆论影响的老人，容易处在愤愤中，比如孩子一心只想往外跑，不愿意回家；比如孩子对朋友比对自己还信任；比如孩子照顾不周，忽略自己的需求……

以爱的名义令对方为自己无止境付出，其实是一种变相的要挟。

亲人之间更是如此。

我认识一个男孩，因为妈妈是家里唯一的女孩，所以舅舅们都对他很疼爱。他一直被宠溺，亲戚们稍有疏忽，他就觉得他们不够爱他。爸妈工作忙，于是他长期住在舅舅家，他对住宿和饭菜的要求和对酒店的要求类似，衣服、鞋袜是从来不自己洗的。他不满时会对舅舅、舅妈加以批评，从不自我反省。因为他觉得，长辈们理所当然地要爱他。

/////

我想，果儿早晚会觉察到自己的蛮横。

可惜，看到寸头男疲惫的神情时，果儿总是大发脾气，最后以"看！你还是不够爱我！"收尾。

她盼望寸头男再次来求自己，来主动挽回感情，可是对方没有。人人都是肉体凡胎，且有大量琐事要应对，耐心并不是没有止境的。

她委屈、伤心，可是，连我这样曾被人讥讽"直女癌"、在男女之间有矛盾时常常无理由偏向女孩的"民间妇联主任"，也没了安慰她的心情。

得到爱多难得啊，仗着对方爱你就欺负对方，不但是蛮横无理，简直是暴殄天物。

你得知道，爱你的人，并不欠你。

- E N D -

3

我不要
那么直接的
快乐

/

在我眼里，崔藕过得太逍遥了，不，准确地说，是生猛。

她从不会让自己过得苦哈哈的，这一点让人羡慕，我也很想知道她是怎么做到的。后来，我有了接近她的机会。

有一个月，公司派人员驻扎在甲方，以便为对方提供更及时的服务。外派人员嘛，大家都懂的，甲方大多本着"不用白不用"的原则，拿人当机器：一秒应答，不辞劳苦，零失误。

怎么可能呢？乙方也是人哪！

所以，我们这几个被外派的人员，那个月的每天都累得直翻白眼，被尖刻的甲方弄得经常一边噼里啪啦地敲键盘，一边骂骂咧咧，大脑还得快速运转以解决问题，忙死了，郁闷死了。

所以我们都很期盼周五。一到周五，崔藕就开始做计划了，晚上带我们去参加"节目"，不是喝酒，就是打牌，不然就是 KTV。

你问为什么不是周末？作为外派人员我想问一下，"周末"是什么？

和"加班"长得像吗?

周五快下班时,心情总是很雀跃。崔藕会飞一些大有含义的眼色给我们,然后大家老地方见,开始"节目"。

崔藕说,人哪,要学会犒劳自己,及时行乐。

"节目"结束了,几个人拖着疲惫的身躯在街头拦车,然后互相说"再见"。等回到自己的临时住所,一头栽倒在床上,累得澡都不想洗。每到这时,都会生出几分后悔,上班就够累了,好不容易可以休息了,何必再花钱、消耗时间继续折磨自己的身体?

我为什么不静静地待在家里,做个面膜,在瑜伽垫上做拉伸,然后听着舒缓的音乐,黑甜一觉?

可是到了下次,还是会去。因为通过喝酒和打牌,快乐来得直接。

至于那样是不是真的舒坦,至于事后是不是依然开心,则没空去想——我们大多数人,对自己的身心其实都很敷衍。

//

很久以前,我喜欢用买买买来讨好自己。

心情好?买件衣服庆祝一下;心情不好?买个包安慰一下自己。我还颇为得意地把这种自我取悦方式定位为"简单粗暴、直接有效"的那种。女人嘛,就要对自己好一点。虽然到了月底,看着勉强还得起的信用卡账单和银行储蓄卡里所剩无几的余额,会很尴尬,但到了下个月,还是会继续这样放纵自己。

到了年底，回想这一年，却觉得收获寥寥，记忆里的快乐已经飘零如幻影。

当然还有吃吃吃。尤其在辛苦了一段时间之后，我会去超市买来一堆零食、酸奶，歪在沙发上，边看小说边大吃大嚼，觉得自己幸福透了。有段时间比较空闲，无聊的时间多，就会约上一位同样爱吃的朋友去各个店探店，把各种煎炒烹炸吃个遍。

再加上，一遇到好吃的我就喜欢吃到肚子撑得再也装不下为止，于是那段时间体重飙升，脸上长了许多痘痘。更让人泄气的是，和我一起探店的朋友其实是为她在某本杂志上开的美食专栏去的，她探店次数日增，对各类食材和烹饪方式都有了专家水准的见解。而我，变化的只有体脂率吧。

吃完之后，其实会有或多或少的后悔，觉得身体发沉、发懒，胃也胀得不舒服。

于是我开始改变，不会在手边摆上各种食物来放纵自己的食欲，因为我发现很多时候吃零食不是因为饿了，甚至也不是因为嘴巴馋，仅仅是因为食物在那里，"不吃白不吃"而已。我开始在吃饭的时候专心致志地感受饭菜的香味，不再一边看手机一边吃，除非很想念，不然不会主动吃高盐、重油的食物。

然后经常走出门，散散步，拉拉筋，呼吸新鲜空气。

有时也会因为懒而不想站起身，因为兴致不高而宅在家里。可是形成习惯之后，会觉得健康的生活让人舒服多了，仿佛浑身都轻盈起来，去掉了许多累赘和毒素。

然后慢慢地，有人夸我状态好，我想，这是生活习惯变好的功劳。

///

心理学上有观点认为，延迟快乐会让快乐的质量更高，而懂得延迟快乐的人，相对于不懂得的人，把控力和统筹能力会更强。比如说，努力工作五天之后迎来的周末，当然会比混了五天之后迎来的周末更让人愉悦。我有一个朋友，参加一个挑战难度极高的比赛，之后，他获胜了，拿到了一个度假村的套餐券。他带着我们去玩，还非说特别有趣，可是我们体验之后，觉得也就是普通的度假村嘛，并没有那么特别，因为我们随随便便就能去，而他，可是经过努力才拿到的机会。

让快乐不那么轻松，来得曲径通幽些，会更有乐趣。

可是往往，因为贪婪或者短见，我们会不管三七二十一地攫取更为直接的快乐。这就像用功能饮料让自己提神，而不是靠日常调养让自己身体更健壮一样，暂时的刺激过后，失落感或许比之前更甚。

我们为什么会将大量的时间消耗在刷手机和玩电脑上，是因为特别好玩吗？也不全然。是因为这快乐来得太容易了，鼠标轻点，一个世界就在眼前展开；不喜欢的页面，点击"×"就能瞬间关掉；喜欢的东西，轻敲键盘，马上就能看到。不需要付出太多的力气和金钱，就能收获掌控感——这才是我们依赖智能手机和电脑的深层原因。

但是，一个长时间刷微博的人，比起一个拥有读书或者听音乐等爱好的人，往往没有后者快乐；一个熬夜浏览网页的人，比起一个到点就睡的人，往往没有后者精神好；至于一个先打游戏、追连载，把要做的事情放到最后期限前才做的人，比起先做完了要做的事情然后才放松的人，当然往往没有后者感觉轻松、畅快。

//// .

现在的我，会更加欣赏"陌上花开，可缓缓归矣"的意境，会更想过有节制和留白的生活。就连吃，比起麻辣火锅，也更想悠闲地吃一餐怀石料理，在我看来，那是狼吞虎咽和细嚼慢品的区别。好多人喜欢木心写的那首《从前慢》，并不是因为一生只爱一个人的童话，而是因为那舒缓的、清风徐来般的快乐，让幸福更绵长吧。

说起来，那个月的外派结束了之后，我和崔藕交流得比较少了，有点跟不上她的节奏。听说她也不怎么攒局了，因为她恋爱了。

她爱得汹涌，每天和男友约会的内容都不同，这个城市稍有点情调的地方都被他们二人去了个遍。有人开玩笑说别人是"神仙眷侣"，他们俩则是"魔鬼眷侣"。

她的第一要务是恋爱，上班的时候也微信发个不停，三不五时地在网上订一些小惊喜给对方，下班之后更是无时无刻不和男友腻在一起吃喝玩乐。用她的话说，恋爱就是要甜蜜、黏糊，要缠绵到像蜜里调油。

这样过了不到一年，她就觉得无聊了，在朋友圈诉苦，说自己这样热情的人怎么好像爱无能了。

其实，只是她的快乐来得太直接了。奶油蛋糕自然好吃，但如果直接吞咽奶油，快感会少很多吧。

和快乐玩个游戏，不要刻意地直奔它而去，而要与它不期而遇，你会
收获更多惊喜。

- E N D -

4

即使全世界
忘了爱你，
也要好好疼自己

/

得到爱，值得快乐一场；得到很多爱，是有魅力的证明；得到男神的爱，最是令人艳羡的，会很多天都面带春风吧。

可是，你可能会有一段时光，仿佛全世界都忘了你的存在，仿佛天天都是"水逆"，负面情绪铺天盖地而来，且没完没了……

段乔杉这段时间就太倒霉了。

先是刚买的阔腿裤被撕了个大口子，借了针线来缝，一不小心戳着自己不说，还缝得歪歪扭扭，就穿着这个出席和男友相恋一周年的晚宴吗？现在去买衣服，已经来不及了，下午有重要的会议要开。

会上，段乔杉总忍不住看自己裤子上的大口子，主管指出上周工作的疏漏，末了又添上一句："虽然个人生活很重要，但是也不要因此忽视工作。"眼睛深深地往段乔杉这边看了一眼，有同事顺着主管的目光转头看段乔杉。段乔杉沮丧极了。

晚上吃饭时，段乔杉揪着裤子上的口子，坐在男友旁边，开始倾诉自己的不幸遭遇。她没有注意到，男友面无表情，目光呆滞，若有所思。终于等她说完，男友轻启薄唇，说："我们分手吧。"

段乔杉一怔，笑着说："开什么玩笑？"

男友却认真无比地说："我们分手吧。我是认真的。"

一年前他穷追不舍地苦求段乔杉做他女友的时候，也是认真的，比现在还认真。不，没有现在认真……

段乔杉猛地起身，带掉了餐桌上铺的桌布，餐具哗啦啦掉了一地。周围的食客幸灾乐祸地往这边看过来，全都是一副"哟哟哟，痴男怨女在上演好戏啦"的看热闹神情。

段乔杉面红耳赤，拎起包，逃也似的离开，裤子上的口子呼啦啦在风中飘荡，极其张扬。

大街上的汽车呼啸着来去，行人神色匆忙，偌大的城市，她找不到一个可去之处。微信群里的小伙伴们在插科打诨，他们的欢乐却离她如此之远。

段乔杉开始奔跑。

幸亏，阔腿裤配的是平底鞋，这个决定太正确了。

//

微信群里，段乔杉说，她在练习平衡。

你没看错，就是练习平衡。段乔杉说，这是一门专业。

她在网上跟着一位平衡大师的教程潜心学习，在没有任何螺丝、卡槽等固定设备的帮助下，把好几根长度超过两米的薄薄竹片架在一个简单的支架上，竹片们晃晃悠悠，看得人心惊胆战，段乔杉却全身心投入进去，从她的目光就能看出，她忘记了我们所有人的存在。

最后一根竹片架在支架上之后，略有晃动，段乔杉拿出一根长长的羽毛放上去，如同施了魔法，竹片顿时就静止不动。

然后段乔杉抽掉羽毛，那一根羽毛的重量失去之后，所有的竹片登时散落一地。

我们在周围看得"啧啧""哇哇""妈呀""天哪"乱叫成一片。段乔杉微笑着看我们，额头上渗出光亮的汗珠，汗珠下面却是一张光彩四溢的脸，衬托得整个人宛若新生。

这才叫修炼。

遭遇了挫折，咬牙忍住、默默憋气、被动地靠时光的流逝来一寸寸抹去伤痕，都不是修炼。

修炼是让自己避开不愉快，忘掉失意，进入另外一个空间——在这个空间里，可以看到自己美好的、有能力的一面。

把注意力转移到有一定难度的事情上，整个人都投入进去，用心对付那有难度的事情，破败的情绪会被渐渐忘却，会生出崭新的自我。

就算大家都知道这一点，要从低气压里站起来，开始自我修炼的第一步，也不容易。

段乔杉也是如你我一样的普通人，她为什么就能拉着自己的胳膊、让身体从泥沼里出来？

"可能因为我够溺爱自己吧。"段乔杉微微一笑，"所以我不舍得虐待自己。"

///

每个女生都想成为公主，受到万千呵护、柔情蜜意、夹道欢迎、万众瞩目。

我们渴望的是，水晶鞋就摆在那里，你只需要伸脚过去，然后是舞蹈、宴会、笑声、恭迎、一个王子的款款深情。

砰！回到现实，却不停地会遇到各种问题：最亲近人的误解，说好的地老天荒却突然变了脸。

你痛苦，你伤心，你不知道该怪谁，你没办法折磨别人，所以只好折磨自己。

如果，爱自己的本能够强大，尚能抵挡得了自虐的冲动。

可是往往，自暴自弃的欲望会席卷一切，你撤掉底线，不律己，憎恶生活，仇恨自我，等这段时间过去了，看看镜子里的自己，发现已经变得更糟糕。

这个世界太忙了，经常忘了去爱一个让人心疼的女孩。可是你不是一无所有，你还有你自己啊。

我经常说 Sammy 没心没肺，她笑着点头。

其实我们都知道这是在开玩笑，说她没心没肺，是因为 Sammy 练就了一种本领，那就是，一旦遭遇恶意的刺激，她就会迅速逃避，将注意力转向自己。

于是，她竟像武侠小说里的主人公，遇到一次挫折，就重生一次，进阶一次……就这样，变得越来越好，就像没有什么能够打倒她。

Sammy 说，这是因为小时候，父母太忙，奶奶又嫌弃她是女孩，只有年迈的太姥姥照顾她。准确来说，应该是太姥姥和她互相照顾吧，毕竟，太姥姥也是个年纪很大的老人了。

她没有机会赌气，没有谁可供她抱怨，一个心并不算细的温柔的蹒跚的老太太，和一个普普通通的每一天都在长大的小女孩，过着少有人来看望的生活。

枣子熟了就敲下来吃，新麦子和面烙成饼，都是美味；天气好了去赶集，有心仪的衣服就买上一件。她们两个人，竟然也把自己照顾得不错呢！

以至于，和那些到了开学就哇哇大哭的孩子不同，对 Sammy 来说，不在太姥姥身边的生活，同样充满了趣味，因为她会照顾自己。别人眼中的陌生，却是她眼里的新鲜。在成长的过程里，遇到事情时，她不会和自己作对，她知道那样除了能一时发泄怒火，并无其他意义。

要做到这一点不算容易。

犹记得有一回，我忙过了一段时间之后，想起好久没有和Sammy联系。她孤身一人在这城市生活，身边的朋友都很忙。

敲开她的门，她穿着毛茸茸的睡衣来开门，头上还戴着棉帽。

一问，才知道她前几天发烧了。屋子里弥漫着重重的生姜味，原来是她为自己煮的生姜茶。

我埋怨她不让朋友来照顾她，她亮出手机给我看，我笑得栽倒在沙发上——原来她把我的手机号码设置成了紧急呼叫，"以备不时之需"。

我们吃的午饭是一家高档广式餐厅送来的外卖，服务确是一流，打开便携的食盒，海鲜粥冒出了腾腾热气。

再有人来敲门，是一家水果店的，拎来了当季的新鲜水果——数量不多，避免堆积以保证新鲜。Sammy 是常客，老板和她几乎成了朋友。Sammy 开玩笑说，她让老板每天这时候送来一些，顺便看她有没有昏迷过去。

我看着她，连连感慨，她是个会照顾自己的人。

////

忘了说一句，Sammy 几乎是我遇到的人当中过得最顺风顺水的一个。

相信我，身为普通人的我们，没有人喜欢颓丧之气、忧郁之气，只有心理扭曲的人才爱看人流眼泪。身为普通人的我们，都爱稳定的心志、明朗的情绪、充满活力的亮晶晶的眼睛。

感觉压抑的时候，冲个热水澡，对着镜子细致地化个妆；或者跑跑步，在广场舞方阵旁边拉拉筋；或者逛逛博物馆，然后溜达到书店买本书。也可以到高档酒店的西餐厅坐一下午，甚至只要一杯二十块钱的柠檬水。

世界在忙的时候，也依然记得你，不是吗？它委托那么多东西代替它来陪伴你，你还有什么理由不好好疼自己？

- E N D -

5

NO.

你要回到过去了吗？
帮我带个信
给二十岁的自己

2008 年，我在某论坛看到一个帖子：《我要回到 1997 年了，真是舍不得你们》。

作者是半戏谑、半正经的口吻，却激起了一片带着遗憾、悔恨、心酸的回应，网友们纷纷让楼主回到 1997 年之后，带消息给当年的自己，或者当年自己的身边人。让捎带的口信内容多是规劝、提醒，或者是说出当年说不出的话。

感兴趣的同学可以搜索一下，现在仍然能看到这个帖子。

我当时多么年轻，一路走来也算尽心尽力，对得起自己，自认遗憾不多，所以，看了这帖子我并无太大反应。

而今多年过去，却想对时光机说："你能回到过去吗？帮我带个信给二十岁的自己吧……"

可惜没有时光机。所以我只好，说给二十岁的你。

要好好学习。

二十岁时，你一定觉得精力充沛，时光大把，人生刚刚开始。或者觉得从小到大都在学习，已经很累人了，好不容易有机会放松，可以放肆地玩了。

可是你不知道，松懈下来只需要一分钟，再勒缰上马可能需要三个月或者更久。

即使玩，可以，那也要玩出水平来。玩出了专业性，才会更有趣。你自己在认真地玩，却让不明真相的围观群众以为你是在认真地学，这才叫境界。王世襄玩文物，玩成了文史专家，玩得在中国古代音乐、竹刻、家具等几个行业都成了鉴赏家。虽然如此优秀太难，可你也不必整天睡懒觉、闲逛、撸串、打游戏、过家家般地谈恋爱……

繁忙的人才需要放松，你本就挺松弛的了，再放松，就近乎流气了。

二十岁，正是懂得并不多，可老觉得自己懂得已经很多了的年龄。要想不露怯，唯有多读书。学习就像创建超级链接，知道得越多，就会想知道更多。知识贫瘠者，渐渐地会连仅有的知识也忘掉，简直是马太效应。

等再大些，父母老去，儿女出生，生活琐事扑面而来，再想学习，付出的比二十岁时要多太多，而且，学习的效率一定会降低。

记住，学习能力是人的一生中最重要的能力之一，它让你有竞争力，让你不会轻易落伍，一天保有学习能力，就一天不会老去。

要遵从自己的内心，不要选择更轻松的那条路。

趋利避害是人的本能，具体到某些人身上（包括我），就是懒……

有一个比赛，本来是适合自己参加的，你也想享受比赛带来的快感。可是又一想，参加了又怎样呢？也不能因此就名扬四海了。要做一系列准备工作，还要做好失利的思想准备，于是就不去了。

有一场活动，是自己喜欢的，本想参与。可是又一想，耗费工夫，还要和不熟悉的人打交道，懒得去费神了。反正，也就懒这一次嘛。

今天的课好像不是很重要，老师应该不点名吧？而且床真的好舒服啊，就再睡个懒觉嘛。

要走到图书馆，想想都辛苦。而且就去这几个小时又能怎样？成不了大文豪的，还不如嗑着瓜子看会儿韩剧啊，美女，帅男，赏心悦目。

于是慢慢地，你就亲手把自己变成了一个失败者，不是钱多少的问题，而是从身体到脑筋都懒，不懂得协作，大脑空空，从不自我约束……

坦白告诉你，更轻松的那条路的路上往往了无生趣，终点更是令人气馁。

有了计划，就要马上去做。

我的姑姑很疼我，我也很爱她。于是我总在想，我现在还在努力积累的阶段，还没有功成名就，等我以后有钱了，一定要好好回报她。就这样，我一直在"准备"对她好，直到她去世……

好吧，不说这种让人听了就鼻酸的话。举个另外的例子，我的一个朋友很有写作天赋，中学时就在国家级的刊物上发表过文章，他也有自己的写作目标，只是总想着"我现在还是凡人，等我再长大一些、工作了、毕业了再完成这个伟大的目标"。时间唰唰地溜走，他发现当时和自己一起写作的小伙伴已经成了知名作家，自己的文字却因为长时间没有练习，已经生涩了。

我想说的是，对你想实现的目标、想陪伴的人，不要等什么"以后"，人生的每个阶段都会有许多事情要做，你不会空下来的，无论是人还是物，都不会在原地等你。等你做妥了所有的事情（实现的可能性太小），等你有了大钱、有了大权力和大名气（实现的可能性同样很小）再去做，往往已经晚了。

许多人总以为长大了的世界是不一样的，会作为一个蓬勃、缤纷的形象陡然出现的，就如一下子推开一扇门。其实不是那样的，长大了的世界不是陡然出现的，而是不知不觉的，是建筑在你年轻时的所作所为之上的。

不要熬夜，不要浪费时间。

二十岁时，被这个光怪陆离的世界吸引着，要求这个阶段的自己有"本心"和"初心"，真是非常奢侈的要求。

浮躁，源于欲望太多，而对世界、对自己的所知太少，容易东一榔头、西一棒子地蹉跎时光。

犹记得，读书的时候，连续几个假期，我都会晚上上网一整夜，直到天亮才睡觉。等睡醒了，觉得自己有好多事情没有做，本来是准备看看论文、写写东西的。可是打开电脑，一个个好玩的帖子看过去，再打几局游戏，和陌生人聊个天、掐个架，就又到深夜了。这么一天天恶性循环，身体就是那个阶段弄坏了的，后来慢慢调养，才算缓过来一些。现在的我觉得，大部分事情都不需要熬夜去做，若经常得熬夜，最好先反省下，自己的时间安排得是不是有问题。

世界很精彩，能给我们带来虚荣感的东西很多，但是记得，不要把时间消耗在虚荣而无用的事情上。

我的好朋友烨烨是舞蹈专业的，进她们艺术学院的时候是前几名。在大学的几年，她常常吃了晚饭就和一群人去夜店跳舞，她的舞姿放在普通人堆里，没说的，一定惊艳全场。她享受那种感觉，像上了瘾一样地去，夜店老板当然欢迎她，消费一律免单，这让她更加得意。这样昼伏夜出的生活继续了几年，她的体力大减，专业课的成绩也渐渐滑到了倒数。她本是个骄傲的女孩，可是被自己狠狠甩了一巴掌。

真的，越长大（或者说变老？），就越知道人的时间有多么珍贵，世间最稀有的珍宝也换不来。

知道爱上了错的人的时候，请快点离开。

那时候，我们都喜欢坏男孩，因为坏男孩的身上有着每个人都向往的特质：自由、不羁、随心所欲。

我当年的室友段欧林，那时就被一个浪荡子迷得五迷三道。其实，那个浪荡子已经有女朋友还到处"撩妹"，习惯性说谎，分分钟能给人一个"山无陵，天地合，乃敢与君绝"的承诺，又分分钟能把这个承诺抛到九霄云外。段欧林是陆陆续续地知道他的不堪的，她虽然知道自己爱错了，可就是无法自拔，被他狠狠折磨了四年，在这四年里成天鸡飞狗跳，什么事都没干成，只落得满心的疲惫。

我们同系的尹眉是出名的美女，追求她的人很多，她都看不上眼。在一次活动里，尹眉认识了一个事业有成的男人。此男做事稳妥，进退有度，颇具绅士风度，至于见多识广，那是更不用说了。这一切都吸引着尹眉，她很快就和他相爱了。

可是此男是有家室的，尹眉发现后质问他，他也不多做解释，只是皱眉、凝目做痛苦状，让尹眉狠不下心来。她还爱他吗？也许，恨意更浓一些吧。可是，尹眉就是无法与他一刀两断。后来，还是此男先提出了分手，理由自然很充分——他是有家的人嘛！尹眉是受到欺骗的人，却受伤更深。

我想告诉二十岁的自己，知道爱上了错的人，请快点离开，不要浪费自己宝贵的感情，及时止损吧！今后你还有很长的路要走，会遇见更多的人，当那个对的人出现时，会忍不住后悔，何必知道是蠢事还要去做呢？！

可惜，没有谁的人生可以重来。

十年前的你，在哪里？在做什么？身边都是哪些人？

当时的你，想象了十年后过着怎样的生活？做着怎样的工作？在哪里读书？和谁相爱？

时光快得经不起细想，愿你，和你，和你，都能活得不后悔。

- E N D -

一个好人
不一定是个
满分恋人

1

万万想不到，有一天绿荷会在我们面前哭得鼻涕一把泪一把，控诉江军是多么过分。那可是江军啊！公认的老好人江军，曾经把迷路的老人送到派出所，给灾区捐款从来都最积极，他会对自己的女朋友不好？我宁肯相信自己明天会中一百万！

看着我惊讶的神情，绿荷的眼神一点点地暗下去，那种心灰意冷的表情令人心颤。估计她遇到的其他人也和我一样，觉得绿荷是在冤枉江军吧。

也难怪，就连绿荷自己也怀疑自己是不是错怪了江军，毕竟她和他在一起时，正是看中了他的热情、善良。

两人第一次闹别扭，是绿荷不慎丢失了刚取的生活费，去跟江军说，江军却是一番长篇大论的教导，告诉她要有勤俭之心，做事情要细心、谨慎，等等。绿荷压抑住自己的委屈，她多期待江军会安慰她别难过，哪怕说一句"破财消灾"这种唯心主义的话呢，然后再潇洒地拿出卡，告诉她还有自己做后盾，不会让她饿着。

江军倒也能部分理解绿荷的需求，只是他对父母太贴心，自己每个月的生活费都不忍心多预备。而且他对朋友太慷慨，这个月为数不多的生活费刚刚借给了好朋友急用，绿荷只好在好姐妹的资助下过了一个月。

　　第二次闹得不开心是绿荷生日时。两个人正在烛光摇曳里温情脉脉，江军的手机突然响起，自己的好哥们儿遇到点事，需要有人去调解。江军二话没说，挂了电话就出门，剩下情绪一秒钟落到谷底的绿荷在灯光昏暗的现场生闷气。

　　等江军回来后，绿荷正要撒撒娇，江军却滔滔不绝地开始讲好哥们儿多倒霉，还好自己及时赶到，出手相救，否则后果一定不堪设想。满满成就感的江军期待着绿荷的赞美，绿荷却为自己连发脾气的机会都没有更加郁闷。

　　第三次……第四次……

　　说起来，也都是些鸡毛蒜皮的小事，却让绿荷一遍遍怀疑：他是不是真的爱我？我在他心中究竟是什么样的地位？

　　//

　　多少姑娘渴望被一个暖男呵护啊，体贴、好心肠的确是男生的加分项。可是暖男如果暖成了中央空调，他对你好不是因为你是特别的一个，而是他本性如此，事实上，除了那些穷凶极恶的人之外，他对谁都没有差别对待——这样的人，你还想和他在一起吗？

　　在我们学校，大家都知道方卓是个好男生，对待学习积极努力，老师喜欢他，同学佩服他。他是年级干部，对人总是礼貌、周到，对有困难的同学更是关爱有加，每一届的优秀学生名单里都有他。女生宿舍开卧谈会，会说，如果成了方卓的女朋友，享受他的善解人意和细心呵护，不知道多幸福。

晴子听了这种话，会在被窝里情不自禁地脸红，因为她喜欢方卓。

晴子敢作敢为，她就那么冲上去，大剌剌地对方卓说："我喜欢你。"方卓在尴尬了几秒钟后，拉起了她的手。

她如愿和方卓在一起了。

方卓果然是个大暖男，对晴子呵护的程度甚至超过了晴子的爸妈，他们的相恋惹来一片艳羡。

可惜，他对谁都暖。系里有一个学妹，家境不好，身体也柔弱，她性格冷硬，在班里没什么朋友，遇到事情就习惯性地找方卓，方卓也做了一个年级干部该做的一切。有一次，学妹病倒了，方卓在医院陪了好几天，被冷待的晴子有点不舒服，可是想着学妹那么可怜，她又觉得自己不应该小气。

入冬了，方卓买了暖和的围脖、手套送给学妹，晴子半开玩笑说这样会不会让学妹误会呀，方卓先是笑，然后说学妹之前生活的环境太差了，不懂得照顾自己，手冻肿了也不舍得买手套来戴。说得晴子也对学妹生出了怜惜，心底那小小的不适早抛到九霄云外了。

可是学妹对方卓愈加依赖了，心情不好时、身体不舒服时、课业任务重时、在和同学相处中受到委屈时……方卓要经常性地抚慰她的焦虑，消解她的痛苦。直到有一天，有同学半开玩笑地说，学妹比晴子还像方卓的女朋友。

晴子婉转地和方卓谈，方卓却像受到了侮辱，说自己最多只把学妹当妹妹看，晴子的想法却这样龌龊。方卓质问晴子为什么没有同情心，体会不到学妹生活得多么艰难。晴子满腹委屈，却无言以对。

直到学妹向方卓表白，说她喜欢方卓很久了，如今好不容易说出口，如果方卓不接受，她就从楼上跳下去。

方卓接受了，他说自己是被迫的。晴子气急了，忍不住发脾气，方卓却严正告诫晴子，她这样的表现是在把他往外推……

///

一个好人不一定是个满分恋人。好人和恋人，本来就是两个完全不同的角色。可惜"找个好人就嫁了吧"这样的不负责口号流毒太广，才让诸多纯真女子被坑。

他是不是一个好的恋人，标准只有一个，那就是他对你够不够好，你在他心里的地位是不是足够重要。无论他对除了你之外的人有多好，如果你在他心里的地位很靠后，那么，保持距离，远远欣赏就够了。也许做他的普通朋友，反而更幸福些。

晶晶一定会同意我说的这些。

在对齐阳动心之前，晶晶就早闻齐阳大名。

能被用"交口称赞"这个词来形容的人不多，齐阳就是其中一个。晶晶觉得自己遇到了宝贝，不顾一切地投身齐阳的怀抱，让二人的关系迅速变质，但很快，她又以同样的速度逃离了他的身旁。

晶晶这止损止得也太迅速了！

为什么？因为齐阳是一个大好人。"好人"的光环让他花费大量的精力去周旋那些和自己关系不大的事情，等心力交瘁或者出力不讨好了，就把怨气发到晶晶身上。晶晶一个整天蹦蹦跳跳的元气少女，却被迫吸收那么多的负能量，多难过啊。

对外人尚且如此，对待自己的父母，齐阳更是用尽了全力。齐阳的父母中年得子，为他献出了一切，现在逐渐老去，身体和脾气一起变坏。齐阳真心把晶晶当成自己人，所以他希望晶晶能和自己一起牺牲，无原则地顺从父母。

晶晶也愿意对老人好，她也是个孝敬的女孩，可她还是被齐阳的想法吓到了。

齐阳的希望有：对父母的所有要求统统接纳；自己要花大量的时间待在父母家里陪他们，过年、节假日都要和父母在一起；虽然人无完人，但是"天下无不是的父母"；未来的开销，要尽着父母用，即使父母不用，也要先为他们存下一笔钱，再考虑自己……以上这些，齐阳希望晶晶理解并配合。

齐阳脸上闪烁着为自己而感动的光芒，他没看见，晶晶的脸色一点点暗淡下去。

晶晶战战兢兢地说完"你是个好人，我配不上你"几个字，就落荒而逃。

舆论一片哗然，觉得齐阳是这样的好人，晶晶却不愿意和他在一起。

可是，一个好人不一定是个满分恋人啊！也许他是一个好员工，一个好伙伴，一个好儿子……但是好恋人要求的技能和这些又有不同。一个好人的他的好都给了别人，他像对待别人一样对待自己的恋人，甚至他要先把自己的好献给别人，然后才是给恋人。这样的恋人，我给差评。

- E N D -

我们都一样，年轻又彷徨

GOOD GIRL
COMES WITH
LIGHT

你是真的
拼尽了一切，
还是可拼的太少？

听过太多人说"我拼尽了一切……"，且不说这话有没有夸张的意味，即使真的如此，那么在自我感动的时候，你有没有想过，你积攒的可拼的东西是不是足够多？

在我看来，大多数人说上这么一句话，仅仅是为了自我安慰，免得自责。大家在自怜的时候都忘了，比起拼尽一切，更重要的是有可拼的东西。

我的邻居王小骏在爱情中屡败屡战，屡战屡败，他特别痛苦，问我："姐，我都为她们付出一切了，还让我怎么办啊？现在的女孩也不正常啦。"我看着他苦哈哈的脸，心想，得了吧，女孩们真的跟你在一起了才不正常吧。

作为一个已经毕业好几年的人，王小骏到现在还吃住在父母家，主业打游戏，副业睡觉。我乡下的表舅做水泥工，一天还能赚超过一百块钱呢，他倒好，出门打车都得问父母要车费。说到拼，讲句公道话，为了喜欢的女孩，他也确实舍得付出。他能一整天什么事情都不做，在女孩单位门口等女孩下班；他能排队好几个小时，帮女孩买最喜欢吃的糖饼；他能花光口袋里仅剩的十几块钱，给女孩买枝花讨她开心。

女孩们离开的时候，他总是很痛苦，很委屈，他不懂，自己付出了所有，"拼尽了全力"，为什么还不能让女孩们心折呢？

在网上看到一句话："那些说我为了你可以付出所有的人，往往没什么可付出的。"当时好想分享给王小骏，可是又觉得太刻薄……

但是明明很有道理呀！

你口口声声说可以为父母做能做的一切，但是父母生病了你连买药的钱都拿不出；你整天说要报答把自己带大的奶奶，结果她需要你的时候，你的身体却弱得连背她上下楼都做不到；你说要为肝胆相照的好哥们儿两肋插刀，可等他陷入迷茫的时候，你什么主意都出不了；你想和那个很喜欢的人在一起，可是你连爱的能力都没有……你自己就是一个没用的人，就是一个依靠别人生活的人，还谈什么"拼尽全力"？你根本就没有力气呀！

我的好朋友徐悄悄，知名懒女，她看上了系里一个帅哥，并把他称为男神。她每天在宿舍播报男神的最新动态："男神又去 A 市参加比赛了。""男神居然喜欢那个牌子的球鞋啊。""男神好有品位啊，不愧是我看上的人！"。

过了一段时间，她一脸沮丧地跑来告诉我们："我用尽所有力气爱男神，男神却有女朋友了，我想去死。"

我们被她夸张的表情弄得哈哈大笑——得了吧，徐悄悄同学，你有了喜欢的人，还是大把地吃着垃圾食品，看着无数部穿越剧，周末连脸都不洗，上公共课这个唯一和男神在一起的机会你都是想旷课就旷课，你太能开玩笑了。她最"拼尽全力"的，也无非是不再喊偶像"老公"了吧……

徐悄悄抗议："可是我所有的时间都在想他啊！"

对啊，你也知道你只是在"想他"而已，你到底哪里用力气了呀！如果光靠想一想社会就能进步了，我们这些群众每天还辛苦劳作什么啊！

我们经常在选秀节目中看到一个天赋平平的选手，明显只是在业余时间对着手机练练声而已，却在台上泪眼婆娑，说自己在追逐梦想的过程中，如何拼尽了一切，说自己有梦想。你有梦想，关评委和观众什么事呀？并不是你自认为自己努力了就一定能得到好的结果好吗？并不是你自认为努力了却没有得到想要的结果就很委屈好吗？谁没有梦想？我还每天做梦成为国际巨星呢，并为此花费了大量的时间来讨论莱昂纳多终于拿到了奥斯卡，有用吗？

一个不浪费自己的时间的人，凭着自己的天分一步步前进，根据自己的追求制订计划，并踏踏实实地实施，在这个过程中让自己充盈、有力，然后在自己的梦想面前，尽自己所能地努力，这才叫拼尽全力。

每天吊儿郎当地过日子，身体和大脑同样懒惰，遇到了自己喜欢的人或者职位，有了想达到的目标或者想解决的问题，再疯狂地在上面花费一段时间的精力——这样的拼尽全力，当然徒劳无功。

不要皱皱眉头就认为自己尽心尽力了，首先让自己充实和丰富起来，再谈"拼尽一切"的可能吧！

- E N D -

2

如何能做到珍惜自己？
想象妈妈
在身边的样子

/

每个人的眼睛里，看得最多的都是别人。

对于你关心的人，你在他（她）身上流连的目光会更多。

所以，虽然按道理说，人人都是自恋的，但是事实上，要真正做到珍惜自己并不容易。

郑小寻真是个贴心的姑娘，身边的人心情不好，她会乖乖坐着，静静聆听，让人尽情倾诉；同宿舍的姐妹精神委顿、两腮发红，她会带着对方去医务室；到了天气转凉的时候，远方最粗心的那个朋友会收到她寄过来的暖暖的手套。

人人赞叹她温柔、细致，善解人意。

谁也不会想到，她情绪低落时，曾独自饮酒至深夜，最后醉倒在地板上，身体难受了好几天。

她平日吃饭也是想起来就吃，从来不规律，尽管时不时闹点小胃病，她也不加注意。

还有一次，冰冻三尺的天气，她套着棉拖鞋去开水房打水，光滑的鞋底踩在结了冰的地面上，一个打滑，她摔倒在地，膝盖受伤，不得不卧床静养，还要每周拖着伤腿，去医院复查。

不会关心自己的人，真的很多呀！不会说话的身体替他们默默忍受着，也是很委屈。

如果妈妈在身边，一定不会这样吧！妈妈一定会叮嘱自己很多：就算要借酒浇愁，也要浅尝辄止，当然最好用运动消愁；食堂做好了饭给你吃，吃完了碗筷都不用洗，干吗还不准点按时去吃呢？最好荤素搭配哦；冬天路滑，走路一定要当心，给你买的专门在雪地行走的鞋子记得穿上。

//

不珍惜自己还有另外一种，比如吉祥。

吉祥实在是个有才华的女生，小小年纪就在新生代模特大赛中崭露头角。老天爷赏饭吃，她生得修长结实的身材，相貌不俗，气质也有特色，在模特堆儿里还好，走在普通人中间，太与众不同了，完美诠释了"鹤立鸡群"这个词。

她都不敢逛街，回头率太高。

随着获奖越来越多，摄影师和时尚杂志也开始竞相追逐她，名和利都来了，朋友也多了，想成为她男朋友的人同样多了，各种乱七八糟的邀约纷至沓来。

某汽车展商想约她去站那么一天。

某大饭店希望她能帮忙做个平面广告。

新出的一款面膜商说了，如果吉祥能给他们代言，报酬不菲。

一位富二代告诉她："不用这么辛苦工作了，做我的女人，我养你啊！"

吉祥的心乱了。

优秀的模特不容易做，身体塑造、饮食结构、气息培养、每日练功……吉祥却不再有时间研究这些。

模特界竞争激烈，长江后浪推前浪，把前浪拍死在沙滩上。更年轻、更有锐气的女孩纷纷涌现，渐渐地，多日不修炼自己的吉祥只能被不入流的广告产品商和被不入流的男性追逐一下。她的心慢慢沉下去，感到伤感、落寞、后悔。

如果妈妈在身边，一定不会这样吧。妈妈会告诫她，不要被乱花迷了眼，有一些事情只用捎带着做做，有一些事情是要用心去做的！妈妈会告诫她，不要浪费自己的才华，上天给过你机会，如果不加以利用，以后一定会悔不当初。人为什么要努力、奋进？为的就是不辜负自己呀。

///

渣男多不多？不多不少，刚好够用。

可惜当局者迷。那句诗怎么说来着？"不识庐山真面目，只缘身在此山中。"

小洁和范安恋爱，范安名安，却远不是个安分的人。在工作和生活面前，他没什么创意，在对待女孩时，他却一天一个想法。

他离开小洁，又回来；再离开，再回来。他说只有小洁对他好，可是没过几天，手机里就有了和其他女孩的暧昧信息。小洁也知道这份感情不靠谱，可是让她在苦苦哀求的范安面前抽身走人，就像让她揪着自己的头发从泥潭里拔出自己一样，她做不到。

范安工作不努力，在劈腿和欺骗爱人这种事上，却很舍得花力气。有些骗局小洁不知道，有些骗局小洁知道，她没有别的办法，只是对范安好一些、再好一些，为他洗衣服、做饭、打扫房间，甚至，为他怀孕，希望能以此让他收心。

有一次，骗局被小洁戳破，两人争吵起来，恼羞成怒的范安竟出手打了小洁。小洁捂住被范安打过的地方，震惊地看着范安，她觉得疼，尤其是心。

夺门而出的是范安——他不愿意面对这种局面。几天后，范安找到小洁，捧着小洁看上了很久却没舍得买的一串项链，求小洁原谅。他先是自责，后是发誓，小洁渐渐感到不忍。看着范安那张颇为好看的脸（这也是范安为数不多的优点了）因为痛苦而扭曲，她无法拒绝。

对了，那串不便宜的项链是刷信用卡买的，和好之后，小洁给还了。

如果妈妈在身边，会劝诫她，感情也要学会止损，无论付出多少，都要有壮士断腕的决心，毕竟人生还很长，世界如此广阔，痛是一时的，时间会抚平你的伤心；妈妈也会劝诫她，不用难过，不用让过去去折磨自己，站在生命的尽头看待今天的痛苦，会发现它不值一提。

妈妈可能还会更狠一点，对她说，你觉得自己痴心，其实那是傻，有这份感情对范安付出，不如去爱一爱福利院的孩子、孤寡老人。

////

发现了吗？妈妈在身边的时候，诸多不该做的事情，就真的不会去做了。

比如快上班了还在睡懒觉，比如好好工作时想溜个号，比如沉湎于一份纯属浪费生命的感情（很多时候都算不得是一份感情）。

为了不被妈妈唠叨，感冒了一定不会再洗头；天气还没有完全转暖，一定不会脱掉厚外套；不会赶赴乱七八糟的饭局，和不值得一交的朋友说不找边际的话；不会再饮鸩止渴；不会再贪恋泥淖里的温暖；不会有一日算一日，晃晃荡荡，做出诸多对不起自己的事情。

如何能做到珍惜自己？在做出决定之前，想象妈妈在身边时会怎样，她希望你自己会怎样对待自己。

- E N D -

一万个美丽的未来，
比不上一个
温暖的现在

/

有很多看起来令人纠结、烦躁的事情，打一个清楚、直爽的比喻，马上就令人豁然开朗了。

比如说，我有一个小妹妹，姑且叫她软软吧。她做好了谈婚论嫁的准备，目前交往的男朋友也是以今后一起生活为前提的，可是她苦恼的是，男朋友总是信誓旦旦地做出承诺，却从不兑现。

并不是说男朋友不愿意兑现，而是在短期内，遇不到兑现的机会。

比如说，男朋友对她讲："等我们以后有了孩子，就把你爸妈也接过来，换个大点的房子一起住。"做出这个承诺，是因为他们这会儿正在讨论婚后要不要和长辈一起住的问题，而男朋友建议和他的爸爸妈妈一起住，见软软犹豫，就做出了上述承诺。

比如说，软软翻看朋友圈，见好朋友收到了一份礼物，是一串施华洛世奇的项链，晶莹闪亮，光彩流转，两个字描述："好看！"男朋友看她对那串项链表示赞许，就郑重地告诉她："等我拿了 A 级年终奖，就送给你比这更大的珠子。"A级年终奖，乃是她男朋友所在的公司的年终奖中级别最高的，获奖概率非常之低，多会奖给为公司服务十年以上且又做出了杰出贡献的员工。她的男朋友看起来不像。

软软烦躁的是，男朋友干吗老是做这样的承诺？听起来就像是"怪蜀黍"在哄骗小朋友。

男朋友说这些话的时候看模样也是发自肺腑，自己却觉得别扭，为什么呢？

于是我问软软，立刻给你一百元、十年后给你一万元，二选一，要哪个？软软露出了一个软糯的笑："立刻一百元。"

然后我恍然大悟。

瞧，把抽象的对象具象化，立马就让人灵台清明。

软软的男朋友也许不是有意如此，他或许并非要敷衍女友，而是相信自己在未来确实有能力兑现自己的承诺。可是软软也有理由为此不悦，毕竟，一张空头支票，还比不上一张鸡蛋灌饼来得暖心——无论那张支票上的金额是多少。

//

我们被一首歌击中，也许就是被歌词里的句子道出了心事。

有段时间，我很贪玩，虽然有壮志未酬、梦想在望，但总是安慰自己：等我怎样怎样了，再如何如何。

假期里安慰自己：等回到学校再如何如何好了，毕竟家里环境太松弛，学校学习资料也多。

在学校里安慰自己：等放假了回家再如何如何好了，毕竟家里环境自由，学校事情也多。

如此眨眼间，我就要离开校园了，这下安慰自己更得心应手：那就等工作了再如何如何好了，到那时，有了独立的个人空间，时间也可任自己安排。

可想而知，工作了之后必然更为繁忙、更为身不由己，所以不出意外的话，我只好继续安慰自己："等退休了，我再……"

想起一首歌的歌词："你始终不明白，一万个美丽的未来，抵不上一个温暖的现在。你始终不明白，每一个真实的现在，都曾经是你幻想的未来……"

词作者怎么这么懂人的心声呢，臊得我都脸红了……

永远幻想，永远在等待，这种自己对自己推三阻四的行径，真是没劲透了……

和我一样的人还不在少数。我的堂弟，他有一个特别优秀的同学，刚刚拿到省里的物理竞赛一等奖，堂弟得知后"哼"了一声，对自己许下了比我为自己许的更宏远的愿望："等我拿到了诺贝尔物理学奖……"

我震惊了。拜托，别等遥遥无期的未来了，先把期中考试的物理考到120分好吗？那样给你带来的快乐会更有温度。

我身边的朋友里自然也有不少人如我一样，要不怎么说人以群分呢。我们常会在酒酣耳热之时，为自己许下万般承诺，然后梦回现实，继续回家熬夜、睡懒觉。至于诸如"买件小一号的漂亮裙子等我瘦下来的时候穿"

这种自我催眠，更是常见的现象啦。其实啊，美丽的未来还不如肥皂泡呢，至少后者还能看得见，摸得着。

///

比起软软的男友，我觉得希小冀的男友就是个彻底的渣男。等我跆拳道黑带了，一定去揍他一顿！（又来了，先练起来好吗，"趴趴"？！）

希小冀这样烟视媚行、秀外慧中的女人，他居然不好好把持。希小冀是多少男人想把持却把持不住的，是多少人心里的女神，她却选了一个自称夫妻感情不睦的已婚男做男朋友。

事实上，希小冀知道他已婚的事实的时候，已经陷入了感情之中，所以很痛苦。她也有许多机会转身离开，可是，对方随之就会做出各种承诺。与软软的男朋友不同的是，他做出的承诺都是短期的，让人觉得立等可取。

"周末你们单位酒会我可以一起去""等她妈妈身体好些了我就提离婚""元旦时一定会给你一个交代""等你过生日时，陪伴你的我一定是一个自由身"……

狗屁！还自由身呢，希小冀过生日的时候，连他的人影都见不到好吗？！

希小冀当然难过，对方每次都信誓旦旦，每次都为自己的承诺赌上了人品、尊严，显而易见，他的人品不怎么样，尊严也一文不值。

所幸，希小冀最终离开了他，不顾他在身后苦苦哀求，甚至承诺"我明天起草离婚协议书"。那又是一个不会现在就兑现的承诺，希小冀却不会再相信了。

永远记得，承诺给你未来的男人，远远比不上一个现在就能陪伴你左右的男人，无论承诺中"筹划"的未来有多美。

////

其实不仅仅爱情如此，对亲人的陪伴也是如此啊。

有多少人，是在心里暗暗发誓，等我赚够了这笔钱，就陪伴父母？等我签下了这个单子，周末就待在家里陪孩子？等我喝完这顿酒，就再也不赴局了而是空闲时候陪老婆（老公）？

然后，"你计划的春天，有童话的色彩，却一直不见到来；你撒下的渔网，在幸福中摇摆，却总也收不回来"——往往没有然后了。

"等我怎样怎样了，再如何如何"这种虚幻的许诺，听起来有几分像自我鞭策，其实是自我逃避。因为到最后你会发现，你永远不会"怎样"啊！

别再等待了，别再给自己提条件了，别再故作姿态地要挟自己了，未来再美，也是假的。现在手心里握着的，才是真正属于你的。关于现在，别再彷徨又无奈了，别再任凭岁月黯然又憔悴地离开。没有人想随着岁月的流逝，让一切变得苍白。不要总是憧憬，却总是错过了！

与君共勉。

- E N D -

4

连你都不爱自己，
谁还会
爱你？

/

这句话，我对岁岁说过，她听了之后，不解地看着我："我正是因为爱自己，才会做那些事情的呀。"

我真是郁闷死了！岁岁啊岁岁，你做的那些事情，也叫爱自己？

岁岁是我们家族里最聪明的孩子，聪明到吝啬自己的每一分力气。在学校，别人早起，她从不；别人不早恋，她偏去；别人做题做得右手中指关节都微微变形了，她十指纤纤如玉琢。至于逃课半晌去吃个零食、听个音乐、逛个商场，更是经常的事。老师不忍心看见这么好的苗子浪费时间，找她谈话，她几句话顶回去："好好学习不就是为了以后过舒服日子吗？我现在就在过舒服日子，为什么还要受苦？"噎得老师再也不想理她。

于是，在同学们披星戴月地冲刺好大学的时候，她挽着男朋友的胳膊看星星看月亮；在同学们绞尽脑汁钻研习题的时候，她眨巴着大眼睛揣测如何才能试探出男朋友的真心，不过，他们倒也没办法从诗词歌赋聊到人生哲学，因为懂得不多。

//

然而，岁岁"爱自己"到连感情也不想多给予。她和男友二人渐渐长大了，欲望多了，开销也大起来，男友越来越无法满足她，而且男友对她的耐心也有限，不是个很会揣摩女生心事的人，于是，云淡风轻的校园恋情结束了。岁岁说，一个无法满足她的人不配做她的男友。

再后来，她领着大她十岁的男人回家，说要嫁给他。我们都知道岁岁挑中的男人不会错，温柔体贴嘴巴甜，有房有车能赚钱，可是她不该和他结婚。叔叔婶婶，也就是岁岁的爸爸妈妈也这样认为——她不该和他结婚。可惜现如今婚姻自由，她还是和他领了结婚证，顺便去他的公司上班，一举两得。岁岁觉得，她对自己太好了。

好好念书岁岁都不愿意，何况好好工作？身为老板娘的岁岁只是每天去公司"点个卯"，检查一下别人有没有在埋头苦干，就去吃喝、购物、做美容了。她的老公的确优秀，可是几年下来，她从老公身上学到的，还没有新来的小秘书学到的多。

眼瞅着这个故事要往烂俗的方向发展了，没错，老公和她离婚了，老公爱上了新来的小秘书，小秘书比她漂亮、年轻。

岁岁做的这些事情，也叫爱自己？不，这叫透支自己。

///

绿子算是我身边的另一类女人，她乐于奉献，心中没有自己，只有爱人。她说自己天生如此。

她算是老好人，对谁都愿意献出笑脸和真情，可是没有太多人愿意和她相处，据说是嫌弃她没有头脑，天知道她念书的时候成绩相当不错。当然，她对此只是小小苦恼了一阵子就完了，毕竟，她的世界在家庭生活。

她为丈夫奉献了所有的时间和精力，可惜丈夫依然觉得她不值一提。

绿子不是个没有专长的人，可是她对发展自己的专长不用心，反正也不想做出什么成就嘛，所以，玩一阵子就放弃。

她一心帮助丈夫成就自己，丈夫成功时，她一边骄傲一边提高了警惕；丈夫没有成功，她反省自己命不好，同时嫉妒那些拥有成功丈夫的女人。

绿子也有朋友圈。她和朋友们经常会彼此晒一晒美食和家庭成员（主要是老公和孩子），除此之外没有更深的交流。于是遇到挫折时，她就一个人默默流泪，哭完了，就好了。她妈妈倒是心疼她，可是好心劝慰她的话她从来不听，时间久了，妈妈也因为无奈而生出不耐烦来。

////

我觉得，绿子的一双眼睛里，只有自己的男人，而不是像别人那样，一只观察世界，一只审视自己。

她年轻时候也是活泼爽朗得如清晨阳光一样的女孩，到了现在，却保持着买商场打折品的爱好，突然有一天她发现自己一无所有，于是更紧地抓住老公和孩子，而不管后者有多么不耐烦。她早已丢弃了自己，到头来，却埋怨别人不要她。

这个故事也终将走向庸俗，没有爱，只有亲情和她无止境的付出勉强维系着婚姻。比起盼望老公成功，她更怕老公成功。

绿子做的这些事情，叫抛弃自己。

爱自己不是件容易的事情，既不能宠坏了自己，更不能无视自己，这两种分别是热暴力和冷暴力，如果用在别人身上，我们都知道别人无法接受，可是为什么就能堂而皇之地这么对待自己？

每个人都希望得到很多爱，那比有很多钱更重要。可是，如果你都不爱自己，谁还会爱你？掌握这个本领，也许不那么容易；也许你足够幸运，生来就会。总之，值得用一生来学习如何爱自己。

从这一刻起，愿我们都能学会爱自己。

- E N D -

5

正因为你
懂得太多道理，
所以过不好这一生

/

别人做的事情，小乔一样也没落下。考研，出国，考研加出国；北上，南下，逃离北上广；早恋，姐弟恋，大龄单身；国企，创业，贷款买房。一晃这么多年过去了，小乔抬眼望四周，发现自己成了新三无青年：无财，无色，无爱。

想当年，小乔是大家的就业指导、情感顾问、心灵导师，不仅仅因为她比我们大一两岁，更因为她资讯丰富，知识面广，善于思考，视角独到，懂得比我们都多。比如 A 感情困惑，爱了不该爱的人，却无法自拔，小乔循循善诱"你是因为什么什么，所以怎样怎样"，说得 A 茅塞顿开；B 职场焦虑，不知道如何表现自己，小乔娓娓道来"你如此这般，这般如此"，B 恍然大悟；甚至有人要在学校附近找地方创业，也来咨询小乔的意见，小乔从选址、营业范围到装潢特色、服务宗旨，分别提出了建议，对方顺着小乔的建议折腾了那么几年，居然发达了！

我们全都对小乔佩服得五体投地，觉得基本上没什么事能难倒她，万万没想到有朝一日，她会在群里大吐苦水。

//

我们都还是"单身狗"的时候，小乔有一个从高中起就偷偷摸摸在一起的男朋友。异地、前路不同——这两点里的任何一点都会阻拦爱情的进行，小乔自然懂得。大三时，她下了决心，与男友分手，处事的果决程度让我们都看傻了眼。她当然知道爱情的宝贵，可是她更知道纠结的爱情会令人痛苦。

其实她当时分手也是为了专心考研，她是个对自己的未来早早就有了计划的人。那几年，大家纷纷想去国外的学校镀金，小乔一番分析过后，决定去 Y 国读一个大有前景的专业，先念了一年的语言，然后险拿到录取通知，带着大家羡慕的目光飞往异国他乡。谁知道几年之后，国内这个专业所属的领域并无起色，不要说大展宏图，连找一份对得起念了这么多年书的工作也难！

小乔蒙了。

当时她在北京，万万没想到会面临这样的情景，可是她不会轻易迷茫，她知道养活自己是关键，学什么并不一定要做什么。小乔决定不拘行业，先找一份工作做着。几年过去了，她做的事情和自己的专业无关，终是意难平。

路好像越走越岔了。北京房价太高，空气污染严重，实在不适合生活。她思前想后，因为有一个朋友在广州，没有读研，早早工作，已经是一个优秀的经理人，她决定去投奔那位朋友。

她当时又有了新的男友。男朋友是北方人，不愿意去广州。而且男友当初本不愿回国，为了她才回到国内，留在北京的，不想再折腾。小乔觉得"树挪死，人挪活"，在广州生活的性价比要高得多，决定先行南下。

谁知在这个行业里，广州不像北京那样重视学历，她的优势不见了。正郁闷时，"逃离北上广"的浪潮来了，三四线城市发展迅猛，对人才的需求好像比一线城市还要旺盛，加上深爱的男友不在广州，她在一位猎头的推荐下，到了离北京不远的一座三线城市的一家大型国企做主管。生活一下子轻松很多，可惜企业古板的作风、复杂的人际关系以及杂乱的城市建设，让她越来越受不了。更令她愕然的是，男友在北京有了新欢，要跟她分手。

她原本准备"曲线救国"的爱情计划，就这样被男友单方面毁约了，烦心事一起涌来。还好此时政府给自主创业出台了优惠政策，小乔也积攒了一定的人脉，一咬牙，谢绝了上司的挽留，辞职创业。创业不容易，人人都知道。市场就像一个鱼塘，在岸边看时，一眼能看到好多鱼，进去捕捞时鱼却纷纷游走了。

没有做好准备就去创业，有多难，成功的概率有多低，想想都知道。

///

所以万万没想到，有一天，小乔会向我们抱怨。

想想也是，她陷入焦虑时，对父母向来报喜不报忧，又失去了爱人，只有冲我们这帮老同学发泄一番了。

可惜，我们也只能无力地安慰她一番。

末了，她哀叹："懂得很多道理，依然过不好这一生。"

看着那些和她起点相同的默默无闻地一条路走到今天却幸福指数高过她很多的老同学，我想说，小乔正是因为懂得太多道理，所以才过得不够好。

人生信条不需多，只要一样即可。小贴士贴得到处都是，心乱如麻，不如定若磐石不动摇。郑板桥说："任尔东西南北风。"说的就是这个道理——瞧，不知不觉，又来了一条道理。

小乔终究是个聪明的女生，从当下这一刻开始改变，总是不算晚的。

我告诉她："世上有万千条路、数十亿人，经验教训、总结出的道理多不胜数，你需要的是静下心来，选择适合自己的、真正能够指导自己生活的道理，用以自我点拨，然后继续前行，就足够了。"

- END -

6

爱情这种
免费的东西，
其实很贵

/

爱情的反义词是不爱，而不是没钱。

可是我的同学肖舒忠不认同这一点，所以速速跟他谈到分手时，他脸色一沉："你不就是嫌我没有钱吗？"

速速看他又这样偏执，不由得恼了："对啊！我就是嫌你没有钱。"

笨蛋啊，她就是不爱你了啊。肖舒忠听不懂速速是在说反话，居然得意地说："我一直没有告诉你，其实我家里条件还不错……"接下来他就一一列举事例来证明他家里条件确实不错。

速速看着他，好不容易忍住给他一巴掌的冲动，转身走人。那背影，看起来是再也不想见他了。

肖舒忠连连叹气："现在的女孩，可真物质……"

据一位牙尖嘴利的八婆说，找不着对象的人，到了相亲市场，也依然难找到对象。因为，进入相亲市场的男子，要么社交能力差，要么个人形象差，要么本身实力差，要么都差。

那么，进入相亲市场的女生呢？废话！找对象这事儿须得二人捉对厮杀，不是相声，一个人也能说单口。

不过，那位八婆明显维护女性。比如说吧，肖舒忠这位男性，虽然称不上优秀，但是绝对不差，不然速速一开始也不会喜欢他。他只是觉得，爱情是种免费的东西，怎么能和钱搅和在一起呢？

什么？你说他是认知能力差？

//

觉得爱情应该免费的人，往往不是深爱着对方的。

我并不是说爱你的人会总想着为你买买买，不爱你的人就会对你很抠门（虽然一般情况下的确如此）。我只是想问，一个试图压缩爱情成本的人，你觉得他会对你心存多少爱意？

他要求你付出柔情和爱意，自己却两手空空。

他理直气壮地索要爱情，却坦陈自己一无所有。

这不是认知能力差，这是无耻。

这样的人，其实是期待"短平快"地套现爱情，他们其实深深地知道爱情之珍贵和难得，所以更想以最小的代价换到手中。在爱情里，他们贪婪又自私。

比如肖舒忠，他向速速索要爱，自己却悭吝漠然；他希望速速向他打开心扉，自己却并不展露自我。这样的关系，别说是爱人之间，就算是父母与子女之间，也受不了吧！

别误会，我没有针对男性，其实有不少女性也是如此。比如我之前有一个舍友，她认为交男友就是为了享受，所以无论是感情、金钱还是时间，她只要需要就从男友手里拿，索求无度，绝不回馈。男友稍有不满，她就会大惊小怪："你不是说你爱我吗？还在乎这些？还对我提要求？"

无论是肖舒忠，还是我的舍友，他们都没有把对方看作和自己是一体的，所以丝毫不心疼对方，也不会考虑对方的感受。所以我才说，觉得爱情应该免费的人，往往不是深爱着对方的。

///

听我这么说，肖舒忠自然不服气："如果家庭贫困，负担很重，而自身能力暂时较差……就不能爱了吗？"

能爱，但是得到回应的可能性——至少在目前的阶段——的确较小。因为爱情本身，就是一种很贵重的高消耗的东西啊！而且，一个"家庭贫困，负担很重，而自身能力暂时较差"的人，往往会有更急切的事情要做吧。

爱情这种东西，其实很贵。我说的并不是花销，而是你们付出的感情，你们在一起耳鬓厮磨的分分秒秒，你们想到对方时的各种灵感迸发……如果用这些心力、这些时间、这些热忱，去做别的事情，一定会得到让你自己大吃一惊的成就。

而这么多人把这些都投入到爱里，实在是因为爱太美妙了，比你有可能拿到的成就美妙、珍贵如宝，不是吗？

这样珍贵的东西，你幻想空手套白狼，是不是自私了些？

肖舒忠曾向我抱怨："你看人家 ××，她和男友很穷的时候，和男友一起分吃一个肉夹馍，不照样相亲相爱？"

这就是了，你也知道，那是"很穷的时候"，是曾经。后来呢？他们都觉得持续的穷苦既对不起对方，也对不起爱情，所以一起努力，过上了比之前幸福很多的生活。

金钱的好处之一是，让价值更快速、更直接地得到兑现。你以穷困为荣，甚至挟穷困来索爱，别的不说，就这种姿态，都丑得令人厌恶吧！

"我穷，我支付不起（或者不想支付）爱情的成本，就不配享受爱情吗？"

"是啊，不配。"

- E N D -

7

嘴上叫着"小猪猪"，其实内心喜欢"小狐狸"

/

刘蹦蹦在爱上阿华田的那一刻，就变笨了。

就在刚刚，她弓背缩肩地站在教室门口，老师像没听见她喊的那一声"报告"似的，继续讲自己的课。十分钟过去了，刘蹦蹦都要哭了，老师才冲着她点点头，又朝教室里摆摆头。刘蹦蹦如蒙大赦，回到自己座位上。她心里已经问候遍了老师的三代以内直系血亲，谁让他要刘蹦蹦在男神面前出糗的。

阿华田就坐在教室的后面，嘴角微翘，双手抱臂，看似在对老师的观点表示赞同，其实是在放空。这是阿华田自创的养神法，应该很有效，不然他怎么能一年365天保持着白皙的肤质和清爽的面貌？

刘蹦蹦悄悄坐在了阿华田身后右侧的座位——阿华田前后左右的四个座位已经全都被占了，据说他前面的位置在女生宿舍被拍卖，因为那是阿华田视线最好的地方，所以到底由谁来坐争执不休。最后还是阿华田大人亲自发话了："苏朵儿坐在那儿不都一学期了吗？"从此那儿就成了苏朵儿的专座。

看苏朵儿气定神闲的模样，刘蹦蹦好想告诉她，真是幼稚啊，以为阿华田真的欣赏她高挑的身材吗？阿华田只是觉得她坐在身前能挡住自己，便于在他不喜欢的课上睡觉而已。

刘蹦蹦偷瞄阿华田，心里又是甜蜜，又想骂他鸡贼——偏偏老师还觉得他态度端正，喜欢他喜欢得不行。

不知不觉，刘蹦蹦的笔迹开始在笔记本上流淌，阿华田线条俊朗的一张面孔渐渐在刘蹦蹦的笔记本上显现。

"最后一排最帅的那个男生，回答一下这个问题！"讲台上的老师突然威严地说。

阿华田晃了一下身子，下意识地站了起来。同学们一阵哄笑，这等于承认自己是最帅的那个男生了嘛！老师又没有喊他的名字。

苏朵儿没有回头，把手放在自己背后，松开，一张纸条滑到阿华田的桌面。阿华田照着念了出来。

"坐下吧。"老师还算满意，"人缘不错，关键时刻有人解救，怪不得课堂上放心大胆地睡觉了。"

苏朵儿的脸一下子红了。

阿华田的自信遭遇了挑战，脱口而出："我没有睡觉。"

老师走过来，拿起刘蹦蹦的笔记本，冲阿华田晃了晃："证据。"那上面是阿华田的侧颜，放松的面部肌肉和静静低垂的黑睫毛，都显示这位画中人物在酣睡。

这位老师，您也太厉害了吧！

刘蹦蹦本子被老师拿走的瞬间，身子一下子弹跳起来，却不敢多言，心里怒唤了好多遍老师的大爷。

同学们又一次一片哄笑，这位老师，我们喜欢上你的课！

//

苏朵儿不再喜欢阿华田了，苏朵儿宣称她有了新的男神，就是那个"变态"老师王某某。

她觉得这位王老师既刻薄，又生硬，总之怎么看怎么喜欢。Excuse me？！

Smart is the new sexy.

阿华田倒无所谓，反正他对苏朵儿没有男女之情，而且喜欢他的人大有人在，比如上课时给他画画像的刘蹦蹦。就是因为那次画像事件，所有人都知道刘蹦蹦喜欢阿华田了。

那次课后，阿华田对刘蹦蹦似笑非笑地来了句："笨。"刘蹦蹦一颗心马上疯狂地跳了起来。

刘蹦蹦说："对不起啊，搞了个你的罪证。要不然，我做点什么补偿你吧？"

同学们又哄然大笑。

阿华田未置可否，走过她身边时揉了揉她的头发。

刘蹦蹦觉得五彩云霞空中飘，嗷嗷，天上飞来金丝鸟，嗷嗷……

阿华田是刘蹦蹦的了！如果这还不叫幸福，什么才叫？

曾经问过一个女孩，热恋是什么样的感觉？她说："走在大街上觉得人人友好，无论刮风下雨都觉得天气不错，吃什么都香，干什么都有劲儿。"

还有就是，以前能单手扛起桶装水的人，突然拧不开矿泉水瓶了。

对刘蹦蹦而言，她突然很享受被人说"笨"的感觉，那意味着她柔弱、纤细、楚楚动人、需要保护。

于是，和阿华田在一起之后，她渐渐变成了路痴，而且好多东西都不懂了。出门的话必须由阿华田提前计划好路线，不出门也由阿华田来安排日程。刘蹦蹦做得最多的事情也许就是提问了吧。

就连她最擅长的画画，也简化了线条，低龄了人物，木刻画有了简笔画的感觉。

阿华田有时候忍不住笑她："我养了一头小猪猪啊。"刘蹦蹦就依偎进他的怀里，边哼哼边用鼻子拱。

之前觉得很奇怪，有不少女生，恋爱之后的行为能力会下降，智商也会直线下滑。我之前看过一个"御姐"题材的电视剧，主人公是一个威风凛凛、八面玲珑的女王型的人设，遇见了相爱的男人之后，就变成了一个缺乏生活常识的大小孩，做了好几次让观众觉得"你在逗我？"的事情。

之后明白了，在爱人面前，自然会想撒娇，脑子会因为有依靠了而变懒，而且，还会一种"你是我的了，你的智力、精力、脑力、体力、整个人都要供我消耗"的霸道。

反正电视剧里的那个"御姐"，变得不像之前那样招人喜欢了。

毕竟，只有真正的儿童说了天真的话，做了幼稚的事情，人们才会打心眼里觉得可爱啊。

///

甜蜜期总是过得很快。有句话怎么说来着？快乐是短暂的，而生活是永恒的，要想在日常生活中创造快乐，自然是需要智慧的。

考试、人际、提升、学习、实习、导师、父母……人这一生，要面对的、要解决的矛盾可真多啊。

纵然是花样美男阿华田、精灵古怪不那么美少女的刘蹦蹦，有时候也会觉得生活如烈日灼心。

刘蹦蹦躺在阿华田拉起的遮风挡雨的布幔下，不愿起来了。

毕业那段时间，兵荒马乱。毕业设计、毕业论文、毕业去向……搅得刘蹦蹦头都耷拉下来了。上一刻，她恨不得自己三头六臂；下一刻，她又想做一只鸵鸟，把头深深埋进沙子里，什么都不理。"躲进小楼成一统"，这诗，写得绝了！完全是她的心声哪！

她能去依靠谁呢？只有阿华田。她对阿华田撒娇，把这些都交给阿华田处理。

过了些日子，阿华田丢给她一篇论文，刘蹦蹦大喜，稍加调整，交了上去。老师慈悲，居然过了。

找工作的过程更是苦不堪言，离校手续也不似想象中那样简单，学校翻脸无情，上一秒还口口声声"今日我以 × 大骄傲，明日 × 大以我为自豪"呢，下一秒就像是要人家马上走人了。刘蹦蹦烦得都要蹦起来了。她对阿华田撒娇、哭诉、求抱抱，阿华田只是揉一揉她的头发，匆匆离开——他也有一堆事情要做呢。

刘蹦蹦想转移注意力。她去景色优美的地方写生——毕竟这是她的特长啊，她拉阿华田陪她一起，阿华田温柔地拒绝。这个时候勇敢冲上去把事情一件件解决掉才是正经，根本不是转移注意力的时候啊。

刘蹦蹦对阿华田半是撒娇半是认真地说："我毕业就失业了的时候，你会不会养我？"阿华田的回应是揉一揉她的头发，说一句"傻丫头"。

每当想起未来，刘蹦蹦就一阵忐忑。可是，又想起来有阿华田在呢，刘蹦蹦觉得心安了许多。

误打误撞地，刘蹦蹦在一家新开的工作室找到了工作。虽然和她的专业不对口，但是也能发挥她画画的特长。最重要的是，她觉得终于有地方收留自己了。

搬离了校园，作别了同学和老师，刘蹦蹦终于安顿下来了，身边还有高高大大、俊美如画的阿华田，生活，又回复到了美好的状态。

正在这时，阿华田对她说："蹦蹦，我不适合你，我们分手吧。"

刘蹦蹦蒙了。

////

分手，多数时候，和有没有钱、有没有貌都没有关系。就像阿华田，这么一个大帅哥，他从来都不觉得刘蹦蹦相貌平凡，相反，他还觉得刘蹦蹦长相挺可爱的。

阿华田说："我等着你长大，等得没有耐心了。"

阿华田说："乖，你还小，而我，我感觉我大你太多了。"

阿华田说："有一段时间，都是我独自撑着，撑得好辛苦啊。我多希望你能自己站起来，你不用帮我分担，只要自己站起来一下就好。但是你没有。"

刘蹦蹦涕泪交加，还不忘开玩笑："是电影里面'萌萌，站起来'那个站起来吗？"

阿华田又把她的头发揉乱，细心地为她擦干眼泪，说："是我能力太弱，没办法把我们两个人的事情解决好。我会当你是我永远的妹妹。"

刘蹦蹦气死了，她的眼泪一串串地流下来，她在心里大喊："谁要做你妹妹啦！"可是她说不出话来。

阿华田说："谁也不能欺负你，谁若欺负了你，一定告诉我。"

刘蹦蹦好不容易止住的泪水又涌了出来。她飞奔到窗口，看阿华田从楼洞里钻出来，迎接他的是苏朵儿，二人一起往楼上看，眉头都微微皱着，似乎在担心着什么。刘蹦蹦赶紧躲在窗帘后面。

就在阿华田最吃不消的那段时间，苏朵儿帮了他。苏朵儿在实习单位做得不错，参加了内部考试，靠着好成绩留了下来。而毕业论文几乎就是苏朵儿参加实习单位招聘考试的论述题，苏朵儿做得很顺手。她时间相对宽裕，看到阿华田焦头烂额的样子，就伸出了援手。

天地良心，苏朵儿喜欢的真的是那个酷炫老师王某某，而不是阿华田，阿华田也没有要移情别恋。所以，当他发现自己喜欢上了做事果决、聪敏好学的苏朵儿之后，痛苦了很长一段时间。到最后，他觉得这样是对刘蹦蹦的欺骗，帮刘蹦蹦安顿好了一切之后，才对她坦白。

平心而论，在这件事情里，无论是苏朵儿，还是阿华田，都无可指摘。

这才是最让刘蹦蹦郁闷的。

其实，每个人都希望在爱人面前表现出孩童的一面，有句话怎么说来着？爱情中最吸引人的地方在于能在对方面前做一个孩子，纯澈、放松、卸掉所有面具，可以尽情撒娇。

可是，这样的角色扮演如果成了日常生活，甚至遮掩了真实的生活，变成了自说自话，也是挺让人吃不消的。

每个人都在不断地成长，都说陪伴是最长情的告白，所谓陪伴，就是和自己一起成长吧。

原谅那些向往《白蛇传》里"拥有法力的妖精帮助普通人进击"的剧设的男生；原谅那些口口声声亲昵地叫着"小猪猪"，内心喜欢的却是"小狐狸"的男生，只怪大家都有脆弱的一面，在压力大的时候，谁都幻想过有人能帮自己一起扛。

- E N D -

青春还尚好，易笑不易哭

GOOD GIRL
COMES WITH
LIGHT

1

做"妈宝男"的女朋友是怎样的体验?

/

我感觉,我若抛出这个问题,一定会有人邀请齐子凤来回答。她和上一任男友的恋情,火爆动感、令人啼笑皆非,而把本该美妙的爱情弄得鸡飞狗跳的当之无愧的幕后推手是男友的妈妈——虽然也许她不是有意为之,但是这更可怕不是吗?

一提起这事儿,沫沫就一脸歉意,因为,当初是她把季小军介绍给了齐子凤。

季小军是沫沫的同事,全公司只有他的工资卡在妈妈手里拿着,每个月的生活费再由妈妈发给他。因为公司有食堂,季小军住在家里不用付房租,衣服和生活用品由妈妈购置,所以季小军几乎不花钱。经理心情好时还拿季小军开玩笑,说他妈妈肯定给他攒了一大笔娶老婆的钱。

公司的同龄男同事给父母打个电话都寥寥几句,很敷衍,在这样的陪衬下,更显得季小军孝顺、懂事。

看沫沫后悔的样子,齐子凤还反过来还安慰她,毕竟,一开始她也看上了人家才交往的。而交往没多久，季小军就带她回家见父母，这一行为让她更觉得季小军是个诚恳的男生。谁也没想到见家长这种本该双方都客气甚至客套的行为，居然会闹得不愉快。

齐子凤带了一束花做礼物，季小军的妈妈直言不讳地说，她希望小两口将来细水长流，别买那些华而不实的东西，跟外面那些女人似的不会过日子。齐子凤脸上白一阵红一阵，想这都哪儿跟哪儿啊，两人才开始恋爱而已。但是从小被教育要尊重长辈，她也不好说什么。她其实还为季小军的妈妈买了一条丝巾，可被季小军妈妈那么一说，有点不敢拿出来了，就暗想，等她和季小军两个人在一起时，再让季小军转交他妈妈好了。没想到，季小军的妈妈因此抱怨齐子凤不懂得孝敬老人，两手空空来做客，这是后话了。

饭桌上，季小军给齐子凤布菜。夹一筷子，季小军的妈妈就瞪他一眼，齐子凤只好偷偷在桌子底下扯季小军的衣襟，让他别这样。饭后，齐子凤从卫生间出来，听见季小军的妈妈教他不要太宠女孩，说女人都是得寸进尺的。

齐子凤当笑话讲给我们，大家听了都笑了，也不以为意，毕竟，季小军喜欢齐子凤，这最重要不是吗？

可是，当别的女孩在炫耀男友送了什么礼物时，齐子凤什么也拿不出来。

季小军月薪不低，家境不差。圣诞节，他想送齐子凤礼物，妈妈说，为什么要过洋人的节日？新年到了，他想送齐子凤礼物，妈妈说，这是阖家团圆的日子，不是小年轻一起过的；情人节，他想送齐子凤礼物，妈妈说，都快一家人了还这么多路数？认识一周年，季小军想送齐子凤礼物，妈妈说，又不是一家人，哪那么多路数！

他妈妈还说："军军哪，妈妈这是帮你攒钱哪，过日子哪能不节约着点呢？"

齐子凤有点不高兴，等她生日到了，季小军终于说服了妈妈，要给齐子凤一顿烛光晚宴。齐子凤精心打扮了一番，款款走到包厢，看见主位上坐着季小军的妈妈……

事实上，二人逛街时，只要季小军的妈妈有空，都是要陪着去的。齐子凤本以为烛光晚宴这次肯定能二人世界的了，结果显示，是她太天真……

后来，我们问齐子凤，她也不是窝囊的人，为什么没有摔门而去？齐子凤说，因为季小军的妈妈看她的眼神老让她有点愧疚。那眼神，夹杂着挑剔、苛责、嫉妒、失落……就像是她抢走了她的儿子。你别说，这眼神还真让她有点心虚。

齐子凤提出分手，季小军的妈妈一个电话打过来，要帮儿子挽回。电话里她十分强势，大意是说，齐子凤遇到她儿子，是运气，是福分，要珍惜，大领导、大企业家的女儿都想嫁给她儿子呢，只是她儿子瞎了眼看上齐子凤，她也只好认了……她希望齐子凤赶快回头是岸，不要傻里傻气的。

齐子凤气得直哆嗦。

季小军也打来了电话，齐子凤以为他想要复合，谁知他是来兴师问罪的，因为齐子凤在电话里"吼"他妈妈了……

一旦出现矛盾，季小军对齐子凤的喜欢就烟消云散了。

//

在知乎看到一个男生求助，说女朋友家庭条件好，女朋友一家对自己都不错，见面的时候女朋友的父母还发红包给自己。自己个人条件也不差，但是因为家庭条件一般，出于某种对原生家庭莫名其妙的忠诚感，他和女朋友在一起的时候总是过着节约的生活。

二人发展到要见家长的程度了，他领着女朋友回自己家。因为他和妈妈想试探下女朋友今后能不能跟着他家过苦日子，于是炒了两个很"节约"的菜招待，席（如果能称为席的话）间也毫不热情，女朋友客气地吃完，要跟他分手。

他震惊了。据他本人说，中午妈妈去别人家参加了宴席，如果不是他女朋友来，妈妈顺便从宴席上带点菜肴回来，就当母子二人的晚饭了。因为他的女朋友，妈妈才下厨做饭，女友居然还不知足。

看他如此理直气壮地表示不解，我整个人都蒙了。

第一反应是这个女孩太有教养了！

第二反应是这个男生真的不是来黑我们"家庭条件一般"的人家的吗？！我们家庭条件一般的人没这么不懂礼貌的呀！

说你们想把这个女孩当一家人吧，你们如此怠慢，也看不出半点感情；说你们不想把这个女孩当一家人吧，你们又很认真地试探，仿佛做好了共苦的准备。

总的来说，你们就是希望这个女孩和你们一起吃苦，但是不准备对她好，对吧？

你们心眼不咋地，想得倒是很美嘛。

在"妈宝男"的心中，妈妈才是永远的"自己人"，而和自己没有血缘关系的女朋友应该是来照顾自己和为自己牺牲的，有了女朋友，妈妈就"翻身农奴得解放"，不用那么辛苦啦！而在此之前，需要考验一下女朋友的忠诚。是这么个逻辑吧？

好恐怖！怪不得有朋友讲段子，说有老师教育女同学："不好好学习，你们将来就结婚吧。"准是被"妈宝男"给刺激的。

"妈宝男"的家庭，妈妈一般都地位低下，吃过不少苦，做出不少牺牲。儿子体恤妈妈，所以要找一个女人来替妈妈吃苦。什么？你问他为什么不自己替换妈妈去多吃点苦？因为他是男人啊！他是要干大事的啊！什么？你问要干什么大事？我告诉你，这个问题不能展开讲……

没错，细心观察就会发现，"妈宝男"也许懦弱，但往往也是大男子主义者。拜妈妈所赐，在他眼中，女人就是要吃苦在前，享乐在后。

可是，两个人走到一起是因为爱，而不是为了让你找到一个女仆啊！而且还是免费的，没有下班和退休时间的女仆。

///

"妈宝男"自己也并不快乐。

怎么会快乐呢？他没有爱人的能力，发现自己不被爱了的时候也不懂得为什么。

在妈妈的宠溺下，他没办法正确地看待自己。他蔑视爱情，可是和别人一样，他也需要爱情——这是身为人类的本能。

他也无法正确地看待和理解爱情。在爱人面前，他如此自私、霸道、不讲道理。可是这并不能给他带来好处，因为爱情最是一荣俱荣、一损俱损的东西，爱情里的一方痛苦，另一方也不会幸福。

他很难享受到爱，在一段关系中，他茫然四顾，觉得唯一能解救自己的或许就是妈妈，可是，"妈宝男"的妈妈往往是他爱情的阻碍者——虽然他们自己意识不到。

更何况，爱情这样一对一的关系，任何事情最终都只能靠当事人自己去解决。

做"妈宝男"的女朋友是怎样的体验？

或许，就是带"熊孩子"一样的体验吧！而且那个"熊孩子"的家长（他的妈妈）不比"熊孩子"强多少。更令人气结的是，那个"熊孩子"早已过了完全民事行为能力人的年龄，却事事不愿过脑，更不愿负责任。

- *END*-

2

NO.

因为他非你不娶，
你就
非他不嫁？

　　小悦身边的男生跟她也太不搭了，明明就是两个世界的人，问她为何选他，她三分甜蜜、三分无奈还有四分惆怅地回答说："明照说，他非我不娶。"

　　明照，就是她的男朋友。

　　再问她："那么，你爱他吗？看起来，你在他身边也不是很享受的样子。"

　　小悦答："还好啦……可是，别人没有他那样爱我啊。别人没有像他那样坚定地说，除了我，不想娶任何人。"

　　Excuse me？这是什么理由？别人说必须是你，你就答应了，你是观音菩萨啊？有求必应，度人间苦厄？

　　你自己的感受就可以弃之不顾？

　　也不是说小悦的男友明照有什么不好，只是作为小悦的朋友，我们都了解，小悦需要的是"那样"的男生，而明照是"这样"的男生，他和小悦欣赏的类型完全背道而驰。这样硬拗在一起，远不如保持距离地欣赏来得愉悦。

小悦喜欢的男生不是明照这种，但不知道是不是异"性"相吸，明照倒是对小悦一见钟情，继而穷追不舍。

终于，在一个春风拂面的上午，明照使出了撒手锏："悦悦，我今生今世，非你不娶。"一瞬间，仿佛听见背景乐响起，那是"You are my destiny"，不明真相的围观群众纷纷表示感动极了，"嫁给他"的呼声不绝于耳……

一开始，小悦是拒绝的，可是现在她觉得："一个人这般需要自己、重视自己，还有什么可说的？"于是就同意了。

没错，小悦并不喜欢自己的男朋友，只是因为对方感情上（或许还有其他方面）太需要她，没她不行（据说），她就同意和他在一起了。

在一起之后，随着时光推移，两个人之间自然产生了诸多矛盾。他爱静，她爱动；他要控制全场，她要做女王。而两个人的沟通方式，更是全然不同。

情人眼里才能出西施，因为小悦不爱明照，所以一点小矛盾也会被放大。二人毫无默契，遇到事情无法心有灵犀，而是需要再三解释，可是，好多事情都是越解释越麻烦的……

终于，小悦沮丧地承认，自己无法和明照继续下去。

早就该知道的啊。那些"因为他要，所以我给"的女生，你们难道不是一个有自己看法、有自己好恶、有自己观点的活生生的人？因为非你不娶，你就非他不嫁？我还非哈佛不上呢，哈佛也没要我啊；我还非吴亦凡不嫁呢，吴亦凡看也没看过我一眼不是吗？

太多女孩受各种居心叵测的舆论影响，觉得自己生而为女人就是等着被选中的，"有人要"就是人生的终极目标，自己完全不需要有人生计划，个体的感受被压瘪得像一只废弃的易拉罐，情绪涌来的时候连存放眼泪的容器都找不着。

　　在感情里，如果一直被动地等待、被选择，只看对方的态度，这样迟早会把生活交给别人来操控。

- E N D -

3
NO.

姑娘，
是什么阻碍
你变成更好的模样

/

鲁西西哭得一把鼻涕一把泪地坐在我面前，问我一个几乎所有人都会遇到的千古之谜："为什么他不爱我？"

我无言以对，只好拍着她的肩膀，用沉重的力度告诉她，这个问题我回答不了。

凭良心讲，鲁西西喜欢了苏腾这么多年，就算是块铁也应该被磨出痕迹来了，可苏腾硬是该干吗干吗，遇见鲁西西头也不回。

更可恨的是，据说他曾经和兄弟在烧烤摊上吃烤串时，是这么回应大家对这桩事的疑问的："兄弟，我怎么会喜欢她呢？"

从大一开始，鲁西西所有的注意力都在苏腾身上。可以说，她是看着苏腾过完大学生活的。

她为苏腾的喜悦而开心，为苏腾的荣誉而骄傲，为苏腾的挫折而失落。

从她的嘴里，我知道苏腾每一个阶段的事情，知晓苏腾的性情、爱好甚至笑点。

哦，我还知道苏腾减肥过，那段时间他去食堂打饭，从不吃主食，还省钱买了蛋白粉，每天泡来喝，弄得直反胃。

我虽然和苏腾打交道甚少，但是因为鲁西西，我简直是眼瞅着苏腾一步步成熟起来的。

反观鲁西西，这么多年过去了，她基本上没什么变化。说她多年没有变化，并不是在夸赞她。而是说她还停留在当年的位置，没有收获，没有成长，没有积累。

换句话来说，这好几年的时间，她都虚度了。

她本以优等生的姿态进入这所大学，后来却各方面平平。

鲁西西怎么会意识到这些呢？她没有时间好好打量自己，所以更没有想过好好打理自己。

如小说里渲染的那样，她一颗心都扑在了喜欢的人身上，像是完全忘掉了世界上有鲁西西这个人。

怪苏腾吗？怪令人太沉湎的爱情吗？都不。

另一个鲁西西好委屈啊——她被自己忘掉了。这才是最大的症结。

//

我发现了一个有趣的现象：我身边的女生大多比男生自卑，或者叫忐忑、不安全感强。

至少，她们顾忌得更多。

她们一路走来，都需要被别人承认。得到了别人的认可，自己才有生活的底气。

想来也难怪，因为社会舆论和其他影响，从少女时代开始，女生就会因自己身体的变化、情感的成长而或多或少地想隐藏自己。可是周围的人都教她们："你是女孩，所以要从容、淡然、内敛……"

所以很多时候，面对自己的小世界的变化，女孩们都是一个人在战斗。

这样一来，相对而言，女孩们更需要空间和伙伴，当然还需要欣赏自己的人。

犹记得当年索尼和爱立信合并成立"索爱"，仅仅因为这个名字，我一个同学就只买这一家的产品了。"索爱"，多么形象又击中人心的名字啊。

就如隽尔，她仰赖别人到什么程度呢？让人担心她会被坏人钻空子。

果然，有了一个猥琐男出现了，那个人嘴尖、皮厚、腹中空，除了会围着女孩转，什么都不会。

可是，隽尔被征服了。

他的甜言蜜语也没有太多花样，但就是不厌其烦，这么一遍遍地说出来，也能给隽尔信心。而这一点，对隽尔来说，就可以掩盖他本人的其他缺点了。

看着隽尔那么依赖他、信任他，周围的人也不好说什么。他虽然不好，她的快乐虽然并没有发自内心，可是她也在从他身上索取能量啊！她要看起来值得信服的爱，她要被人包围的温暖，就算那温暖是在泥沼里，她也贪恋。

到最后，这份爱情自然碎掉了。

和鲁西西不同，隽尔是没有力气好好打量自己，所以更没有想过好好打理自己。

没有谁必须寄生在另一个人身上才能生活——没错，从别人身上索取能量、爱和温暖也是一种寄生。隽尔熄灭了自己的能量，以求能从别人那里获取热度。一时的温暖是有的，可惜没几个人有那么好的运气，遇到的人既能一直给自己温暖，还能发掘自己的能量、引导自己、指点自己成长。

因为，能这么做的人，只有自己。

自我温暖、自我发掘、自我成长——听起来很累吗？那是你还没有开始这么做。

而且，不这么做的话，会更累。

///

把希望放在别人身上的女孩，着实不少。

这个"别人"包括很多人。

她们期待父母把一切安排好，梦想有一个无所不能的男朋友，希望遇见事情的时候总有贵人相助。

然而，幻想只是虚幻的，时光一寸寸在幻想里成了灰，你依然没有变成更好的模样。

网上看了一个笑话，说一个人祈求上帝让他中大奖，过了好久，他还没有中奖，上帝哭笑不得地喃喃："你总要买一张彩票，我才能给你中大奖的机会啊。"

有点夸张，可是不无道理。

即使渴望有人相助，也要给人帮助你的条件呀。

幻想穿越到豪宅里，从两万平方米的房间里醒来；幻想流出的泪珠是一串串宝石；幻想推开门，有一辆二十八车门的加长玛莎拉蒂在等着……这些事情，当玩笑说说就好。

丑小鸭不是借助神力变成了白天鹅，而是它本身就是天鹅，飞向高空只是符合了它成长的自然规律罢了。

你的希望永远在你自己身上。你吃下的每一口饭、走过的每一段路、每一次开怀大笑和每一次心跳如鼓，构成了你的今天。接下来，你今天经历的一切，再构建成你的明天。

任何人都不能替代。

更何况，把希望放在别人身上，要付出的东西比自己规划经营要多得多吧。

////

女生读了段子手写的好玩、好笑的东西，觉得他们每天好懒惰、好堕落啊，就是逛、吃、逛、吃，外加污。哦，还有宅。

也有女生关注了俏皮、幽默的公众帐号，觉得博主也无非如此嘛，有一堆缺点，自控能力也超级差，活得也挺舒服啊。

我认识的一个小姑娘就是这么认为的，从而生出了深深的认同感。从此就更肆无忌惮地放大自己的缺点了，时不时地还以此为荣。

有些女生交朋友也只找"志气相投"的，抱团取暖，一起吃喝玩乐，间或聊聊男生和电视荧屏上的"老公们"。除此之外，什么都不关心。自己也觉得自己是无趣的，可是周围的人也都如此啊！

怪那些博主吗？怪世上有这么多好吃、好玩的东西吗？

她们没有发现那些自嘲是拿人性共有的弱点写成的段子，而且能惹人发笑，这本身就是了不起的才华啊！

黄仲则写"百无一用是书生"，陆游写"此身合是诗人未"，苏轼写"我被聪明误一生"，都只是自嘲一下、抱怨一下而已，你以为他们真的愿意蠢笨吗？他们的自嘲和一个家财万贯的人说"其实有钱也没啥好的"是一样的！

所以，你和别人谈"初心"，却已经忘掉了自己吗？你要借助别人的眼睛才能看见自己吗？你祈望其他人使你变得更好吗？你不愿意收敛、改正、自我约束吗？

如果答案都是肯定的，那么，从看到这篇文章起，捡回自己的想法，倾听自己的内心，认真地牵起自己的手前进吧。姑娘，我不愿这些阻碍你变成更好的模样。

- E N D -

4

好的爱情
应该像
一部智能手机

鲁冉曦问我，爱情也有好的吗？

估计她是被市面上各路爱情导师弄昏了头。爱情导师们总是言辞犀利地告诉大家："你弱你活该""能不能有点脑子""自己是包子就别怪狗跟着""爱情里不努力就去死吧"……却没有教在爱情面前挣扎、犹豫、迷茫的人，怎样识别好的爱情。

这多少有点不负责。

是的，爱情也有好有坏，爱情是名词而不是形容词，它的前面加什么样的修饰语，在于你。

冉曦捧着纸巾，泫然欲泣，就是因为她遭遇了一份又一份烂爱情。前男友和她谈着不咸不淡的恋爱，连聊天都觉得没什么可说的，深度沟通更谈不到。还没有走入婚姻就沉闷至此，她犹豫着要不要和男友谈谈，可正在这时，男友提出了分手，他坚定、不容挽留、一脸厌倦。

他先她一步。

而回顾冉曦以往的爱情，也是一把把血泪。

在交往现在的男友（哦，已经是前男友了）之前，她爱上了一个比她大几岁的男人，那个男人寡言内敛，背邮差包，穿灰色休闲装，配上复古眼镜，像日本街拍里的禁欲男。交往了一段时间之后，禁欲男告诉冉曦："我一直在你和她之间犹豫，现在我觉得我还是更爱她。对不起。"原来那厮一直在劈腿。

再之前，她喜欢过一个花花大少，对方的阔气、英俊和幽默令她心折，可惜她只是心折者之一，一周七天轮一遍或许才能轮到她，花花大少最致命的弱点或许就是情感上的放纵了。后来的她再也无法忍受。

到如今，冉曦空窗已久。"浪费感情，浪费生命。"她总结道。不知道她是在说空窗，还是几段烂爱情。说着话，冉曦的泪水不受控制地流了下来。

她年龄不算大，可是在经历了几段感情之后，疲惫感已经陡然而生，心泉枯槁，都有"再也不相信爱情"的感觉了——瞧，这就是坏的爱情闹的。

好的爱情是什么样的？

我们生活中依赖的东西，其实就是爱情应该有的样子。因为我们如此依赖爱情。

好的爱情应该像一部智能手机，它伴你生活，握在手里有安全感。因为你知道，无论是迷路还是无聊，只须随手在屏幕上划几下，都能解决。它当然不是万能的，可是你老觉得它无所不能，因为遇到难题时，你们会一起动脑子解决。

它是你自己选择的，就算有被潮流裹挟的因素，但绝不会有无奈或者被迫。你欣赏它，想去呵护，想去陪伴，心甘情愿为之付出你的时间。

它当然是有趣的，情感上的抚慰是爱情最大的功效了吧。它当然也延伸了你的生活半径，也许给你更多的知识，也许给你另外的角度，总之，让你看到了之前看不到的世界，好的爱情里，一个人加上另外一个人，每个人收获的都大于二。我们都相信，好的爱情会让一个人变得更美好，而不是增添戾气。

好的爱情，看起来不占空间，却如此重要；它如此重要，却又便携轻巧，不会给你造成负担。你们的相伴是自然的，不必刻意安排。好的爱情不会给人压迫感，不会使人想起来就紧张、焦虑。好的爱情，人走进去时会全身放松，而不是在能离开的时候长长地松了一口气。

最重要的是，好的爱情不会让你觉得爱得困难，正相反，它让你觉得这段关系比周遭其他社交处理起来都更为简单——手指划拉几下，想要的就出现在眼前，不想要的就丢进回收站。不管旁人眼里怎么样，好的爱情是你人生中写着"easy"门牌的房间。

当然，它也需要保养和充电，通过贴膜、装壳来保护它。

其实，因为有人性的温度，好的爱情应该胜过一部智能手机，如果一个人给你带来的感受还不如一部生产线上成批生产出的机器，那一定不是好的爱情。听起来简单？其实挺难。

像所有的好女孩一样，冉曦期待爱情再次降临，又害怕新的爱情经不起审视。她又遇到了一个男孩子，看起来高冷，难接近。我劝她记得，好的爱情，乍一遇到时会猜测是否操作困难，但是操作起来都会挺简单。

所以，不必怕，勇敢向前吧。

- E N D -

来得太晚，
快乐
也会减半

/

我以为茵茵不愿提起达明的，小心翼翼问起来，她却只轻描淡写说一句"他呀"，仿佛昨日的一切都已随风飘散。

茵茵也不知道自己为什么第一眼就喜欢上了达明，难道说集体野炊时他闷头干活儿、脸上脏了也不擦一下的模样别有一番动人之处？

那是院里的研究生联谊，那一刻，茵茵都没有意识到自己正目不转睛地看着达明，嘴角还噙着淡淡的微笑。达明回头时撞到这目光，回了一个灿烂的笑容，看到的同学正等肉熟等得无聊，顿时起哄，然后所有人的目光都聚集到了他们俩身上。

开吃时，二人不自觉地坐得离得很近，吃完之后，又不自觉地双双去为大家收拾残局。回去的车里，茵茵和达明坐在了并排的两个座位上。

从这天开始，二人就被看作一对儿了。

长到这么大，好不容易才遇到一个喜欢的，茵茵是真的愿意对达明好。

以前是谁口口声声说女生不能随随便便为了男生改变自己来着？现在

全不作数了。不过，为了给达明买早餐，她养成了早起的习惯，倒也是一件好事。

她的时间都给了达明。寝室经常见不到她的身影：她要看达明踢球，陪达明上自习，和达明轧马路……

所有的人见了她，都会祝福她，说她和达明好甜蜜呀，有男朋友的感觉真好呀。

只有茵茵知道，虽然认识的人都默认他们是一对儿了，但达明还没有明确他们的关系。问起来，他总是说，如今课业太重，他想等拿到学位再说。

茵茵答应了，她愿意等。

//

等待太苦，持续的付出也会让感情的储备告急，然后心里就会空，就会不平衡，就会觉得难过。还好，达明并没有和别的女生有任何暧昧关系，他的确是一心扑在学业上，而且，他也从未拒绝过自己的陪伴。

如今硕士、博士的确是越来越难毕业了啊，茵茵这么告诉自己。她愿意去理解达明。

达明拿到学位那天，高高兴兴地拍完毕业照，约了一大帮人吃饭——包括茵茵。她几分羞涩，几分期待，然而达明又在觥筹交错间聊起了工作，聊起了前途的未可知，聊起了去 L 城的好处。

茵茵呆住了。她为了陪伴达明，已经在他们学校所在的 N 城找到了一份不错的工作，不是说丢就可以丢的。她希望达明只是说说而已，她认为二人最终还是要留在 N 城的。

然而达明还是去了 L 城，他跟茵茵说了一大串道理，简单概括，就是事业未竟何以家为，他要给自己的女人一个众人都羡慕的未来。

众人是挺羡慕的，一帮小女生崇拜地看着达明，扭头，饱含羡慕地对茵茵说："你是怎么找到这么有担当的男朋友的！"

茵茵没办法告诉她们，达明说的是给自己的女人一个美好未来，没有特别说明是给茵茵的。这"自己的女人"，明确的只是"自己"和"女人"两个概念，对茵茵只字未提。

虽然所有的人都认定了那个人指的就是茵茵，不可能是其他人。

异地恋的确辛苦，好在 L 城与 N 城相隔不远，大学同学在两个城市分布的也算多，所以联系也都紧密。而且说来好笑，正因为达明没有明确和茵茵在一起，茵茵反而没有像别的异地恋人一样太多地误会达明——是啊，认真追究的话，她有什么资格呢？

///

再次出现在茵茵面前时，达明攒够了在 N 城买房首付的钱，他兴致勃勃，终于兑现了自己的诺言，他朝茵茵飞奔而来，抱起茵茵旋转，在她耳边说出了她期待太久的那三个字。

茵茵不可思议地发现，自己居然在这一刻心静如水。原以为自己会欢呼雀跃，原以为自己会尖叫，会大笑，甚至会喜极而泣，可是统统没有。好像在不知不觉中，她已经没有那么盼望这一刻了。

她有些失望，不知道是对自己，对达明，还是对他们面对的一切。

想起小时候，有一次走过商店橱窗，她看上一个玩具熊，爸爸或许是为了鼓励她认真学习，不想那么容易满足孩子的愿望以免惯坏了孩子，没有同意买，而是许诺她，等到过年再送给她。她等啊等，每天都绕到橱窗那里，看一眼玩具熊，脑海中憧憬着过年的景象，想着时间怎么过得那么慢，春节怎么一直迟迟未到。甚至有一天，她故意穿得特别少，让自己觉得冷，幻想冬天已经来了。盼望了很久以后，终于新年了，她小心翼翼地提起，爸爸哈哈大笑，拉着她直奔商店，兑现了自己的承诺。她拿着崭新的玩具熊，突然感觉那么陌生，好不容易盼来的玩具拿在手里，自己却没有想象中那样开心。

那是她人生中第一次感到疲惫。

现在面对达明终于表白的爱，那种类似的疲惫感又出现了，像是冥冥之中的某种轮回。

不忍心扫兴致勃勃的达明的兴，她和达明相处了一段时间。可是，后来的她还是难以忍受激情消失、失望混合倦怠的感觉，她终于对达明提出了分手。达明很惊讶，不明白二人千辛万苦终于能在一起了，茵茵为什么要分开。他揣摩着女孩的心思，再三跟茵茵解释，说他之前并不是在犹豫不决或者玩什么欲擒故纵，而是在为二人的感情做准备。

准备时间也许长了点，达明最后说道。

茵茵苦笑，是她提出的分手，最痛苦的反而是她。达明说得对，这段感情准备的时间太长了，她奉上全部耐心，保持专一，坚持等待，这一个姿势太久，达明来迎接她时，她的肢体已经麻木了。

就像等一桌菜，菜是好菜，厨是大厨，然而菜好了时，肠胃已经饿得失去了食欲，面对什么都提不起兴致了。

请在该爱的时候爱，该拼的时候拼，该收获的时候收获，该努力的时候努力；该陪伴的时候不要东张西望，该决断的时候不要犹犹豫豫，该加速的时候不要左顾右盼，该倾诉的时候不要欲说还休。上天让你遇到对的人就已经是大幸运，没有道理拖延。要知道，无论是你想要的任何东西，如果来得太晚，等你终于得到时，快乐也会减半。

- END -

你要很多爱，更要全世界

GOOD GIRL
COMES WITH
LIGHT

扪心自问，
我并不想成为一个
特别符合异性审美的人

/

看到新闻，刘亦菲在广州宣传新戏，在与粉丝互动的环节里，被一名疯狂的粉丝扑倒在地。

从现场视频里可以听到重重的"扑通"一声，虽然事后剧组回应说，刘亦菲没有受伤。但是一个身体纤弱的女孩，突然被陌生男人扑倒在地，身体上的疼痛自不用说，饶是她见多了世面，也不免受到大大的惊吓。

和朋友聊起这件事，感慨了一番粉丝的疯狂和安保的不严密之后，对方轻轻一叹，道："说实在的，我并不想成为一个特别符合异性审美的人。"说完，她用探寻的目光看着我，仿佛在问自己是不是太另类。

我笑了，说："其实，我也是。"

那么多人都在说，女人要这样，女人要那样，然后才会招男人喜欢。也因为要讨男人喜欢，女人这也不能做，那也不能做。首先，这样做使得自己成了一个陌生人；其次，即使因此变得可爱，也是出于博取异性的好感的目的。我在想，付出"丧失自我"这种代价，要得到多少才能弥补？

身为演艺界女性，争取观众认可自然是成功的重要标志。听在演艺圈工作的朋友说，演员其实很辛苦，这一点应该也是辛苦的内容之一吧，尤其是形象定位为纯情、文静、柔弱、少女感的女星，拥有这些特质的女性是多数中国男人梦里都渴望遇到的。可惜，剧情安排和真实生活差距太大，在剧里，她是赵灵儿，能遇到她的李逍遥；她是小龙女，能遇到她的杨过。而在剧外，对她的美只有欣赏，不含龌龊之情、攫取之欲的异性，比预想的少得多。

　　关注度高对演员来说是好事，对普通人来说则未必。世人常常戏谑女博士是没有了女性性征的第三种人，从中也可品味出，拥有"异性吸引力"这种魅力的女性，要一路顺畅地到达学业的高峰，是多么难。

　　我不由得想起初中同学鸽子，她本人真的像一只楚楚可怜的小鸽子，纤弱、温柔而美丽，有很多男生追。

　　我们成长在小地方，很多老师和家长都是邻里街坊，所以对学生"早恋"的态度没有那么古板，只是找鸽子谈话，劝她以学习为重。她听话地点头。

　　可是她很快就和一个又帅又坏的小子在一起了，成绩一落千丈，没有考上高中。大家都觉得有点可惜，因为她是一个很聪明的女生，学习能力也很强。

　　我前些年回家乡的时候见到她，她已经是两个孩子的妈妈，最小的孩子都已经准备上幼儿园了。她羡慕我有机会见到更广阔的世界，我虽然告诉她各种生活都有优劣，但内心也为她感到遗憾。

　　我总觉得，特别符合异性审美的人，受到的干扰太多，对一个心理没有强大、成熟到可以自我调控的人来说，很难安静下来与自己相处。

//

　　每个人都会不知不觉地活在别人的期待里，这个"别人"，可能是父母，可能是老师，可能是某个有恩于自己的人，或者欣赏自己的人。

　　每个人也都会不知不觉地放大自己的某种特质，尤其是，当这种特质获得了别人的肯定，甚至给自己带来便利的时候。

　　和我一起学过拉丁舞的一个女孩，她曲线如水，肤白如瓷。而且她非但硬件好，舞也跳得好，我们还在考级呢，人家教师资格证都下来了，你说气人不？学校有了什么演出，她是必被点名的一个。下课时我们气喘如牛地跑到饮水机边接水喝，她提着一罐燕窝，苦哈哈地说："谁能帮我喝掉呀？我怕胖。"得，又是哪个追求者不辞劳苦送来的。

　　你以为我们都很羡慕她吗？是的，我们很羡慕。

　　我们只有一种情况在她面前有优越感，那就是老师说她力量不够的时候。

　　拉丁舞需要开朗、热情、速度、力量，她温柔、细致，但做动作总显得有些不到位。这让她到了一定的阶段，就遇到了瓶颈。

　　她也在自我斗争，我们都看得出来。但是，柔和、静雅是她吸引人的特质，她在不由自主地强化这些特质，即使在跳舞的时候，她也没有发自内心地想冲破自己的瓶颈。

　　然而，她本身是有这个能力的。

　　她其实完全能爆发力惊人，做到一个亮相就镇住全场。

　　看着她成长起来的老师都急死了，可是，当大家夸她"舞姿翩跹"的时候，她嘴上虽然谦虚，唇边却流露出了满意的笑容。

于是，她永远停在了这个阶段，她把自己框住了。

一个当年又黑又瘦的小女孩，各方面条件远不如她，却在一次重要的比赛里实力辗轧她。

当然，比起我们，她也并不算差，但是，她原本能高出我们更多。不得不说，令人惋惜。

娜塔莉·波特曼主演的《黑天鹅》上映时，我们一起去看，看到娜塔莉·波特曼与竞争对手争斗，苦苦练习以突破自己，最终一飞冲天，她怅然了许久。

最令人后悔的，是自己被别人的眼光或者期待所拘囿吧。

而这拘囿自己的，仅仅是一些虚无的赞赏罢了。

///

《战国策》里说，女为悦己者容，如今甚为流行，说的是女生贪靓扮美全是为了喜欢自己的人。可是那毕竟是两千多年前的话了，现在的女人，心情不好时涂唇，心情好时画眉，多是为了自己开心，其次才是为了娱人吧。

一天，有一位男生朋友特别认真地问我："女生为什么要涂指甲油呢？其实男生并不喜欢啊，看起来乱七八糟的。"

又问："高腰裙和阔腿裤好看在哪里？我们并不喜欢啊。"

还说："露脚踝、穿球鞋也并不好看啊，穿这样不会吸引到男生的。"

我愣住了，然后特别诧异地问他："你以为女生打扮就是为了给男生看吗？"

他更诧异，说："难道不是吗？"

不是啊，我们是为了美而已。

走在街头的，明眸皓腕、乌发红唇的女孩们，多是"我美我的，不用你懂"的吧。

毕竟，这本毫无干系的男女双方，谁也不是因为谁而存在的。

我一个女生朋友听到"男生并不喜欢女生的某种打扮"这种话，比那位男生朋友更诧异："天哪，他们的审美又不是米兰时尚周的流行趋势，自己穿格子衬衫、背双肩包，还来指导别人？"

嗯，我并不想成为一个特别符合异性审美的人，很重要的一点是因为，很多时候，他们的审美能力很不怎么样……

大家都遇到过，男、女喜欢的"爱豆"是完全不一样的型这种情况吧？

你内心对他的"爱豆"风格鄙视一万次，却心甘情愿把自己改造成特别符合他审美的类型，怎么可能？

是的，我并不想成为一个特别符合异性审美的人，我希望有安静的时间，有自处的机会，有相对恣意的生活，能不被打扰地梳理、拾掇自己。

而满足异性不怎么样的审美，不能让人开心。

而能吸引到的异性，有一个爱人就足够。他在我眼里是特别的存在，我在他眼里也是独一无二，不仅仅是一个有异性吸引力的女人。

- E N D -

I Hope You Have an Independent and Wonderful Life － 愿你独立美好地过一生

我这么拼，
就是为了
我爱的人能拿去炫耀

/

刘婧拿着她妈妈的手机，模仿妈妈的语气，帮妈妈发朋友圈："女儿在台上笑得真开心哪，我也替她开心。"配的图是刘婧捧着金光闪闪的奖杯，站在名气极高的行业峰会背景墙前，冲着镜头微笑的照片。九宫格，一张不少。

刘婧的妈妈不会发朋友圈，也不懂这个奖的含金量究竟有多高，但是做妈妈的有她的虚荣，刘婧就满足了一下。

我可以做证，刘婧本人是个低调、谦虚的人，可她在妈妈的朋友圈里夸起自己来，丝毫不矜持。

再去翻看妈妈的朋友圈，收获了一堆点赞、评论，无非是表达羡慕、嫉妒、欣慰以及为刘婧的妈妈高兴。妈妈一边在刘婧的指导下翻看，一边乐得合不拢嘴。

刘婧说，妈妈操劳了一辈子，过的生活嘛，也就那么回事。日子渺小，就更渴望光鲜的东西来提升。内心强大而丰富的人自然会觉得不值一提，可是女儿获得的这些荣誉，对妈妈的生活来说，简直是镀了一层金。

能拿到奖，当然不容易，一个个环节跟踪，深夜还在数据库找资料，实验失败了一次又一次，连上厕所都是小跑过去，就为了把每一分钟都放在这个项目上。背后付出的辛劳、智慧，从无到有要经历什么，只有同行能懂，妈妈又不做这个，哪里晓得？可是她认得奖杯，知道那么大的场面，一定是女儿做了了不起的事情才被邀请去的。

我听得佩服，夸赞刘婧："原来你不是得了奖之后膨胀了啊？"

刘婧笑了："人外有人，天外有天，我能不懂吗？但是我就喜欢看我爱的人能拿自己去炫耀，看他们高兴，我才高兴啊。"

//

真正的爱就是这样吧，让爱的人因为自己的存在而骄傲。

青森之前黑且胖，女朋友最初是被他的幽默吸引，然后喜欢上他的——虽然他自己开玩笑说女友爱的是他的才华和一颗善良、痴情的心。

朋友们也喜欢和青森在一起，他思维极敏捷，妙语连珠，时不时就让人爆发出阵阵大笑，我们都说他是相声界的遗珠。虽然青森外形的确欠佳，但是也是有优点，用他自己的话来说，"做人哪能太完美呢"。

前段时间，他居然开始跑步——要知道，他是个能坐着就不站着，能躺着就不坐着的人，人极懒，在办公室倒水都要坐在转椅上滑到饮水机旁。这样一个跑两步就大口喘气的人，居然要规律地跑步了？目标还是半程马拉松？

再说了，青森女朋友对他死心塌地，工作不错，小钱也赚的不少，就他这个岁数来说，人生该有的也都有了，还努力塑形，目的何在呀？

事出反常必有妖。经过诸位友人锲而不舍的追问，青森终于羞答答地说："我，我想让红红带我出去的时候有面子。"

原来如此啊。

红红就是他女朋友。

他陪红红逛街也好，陪红红见她的朋友也罢，都是第一次见面，别人哪知道他幽默不幽默、善不善良。他希望别人觉得红红的男友很棒。

在健身教练的指导下坚持了几个月，还老蹭女性朋友的面膜用，青森的身材果然好了很多，肤色也白亮了不少，和红红一起出现时，二人多少有点金童玉女的感觉。听见红红的朋友称赞"男朋友不错啊"时，青森笑得比红红还开心。

///

我认识敏生多年了，她最让人羡慕的就是慵懒的生活节奏。用敏生的话来说，她要享受慢生活。

她把自己的日常安排得轻轻松松，看看书，逛逛街，美美容，觅觅食。

敏生颇有点小才华，但是并不想凭借其来获取什么。她的才华，仅仅用来自娱。敏生把她的才华安置得像古代皇帝的后宫，想起来时才去"临幸"。

她不羡慕成功人士，也不奢望大富大贵。敏生曾经笑说，众人只见贼吃肉，不见贼挨打。言里话外颇有禅意，所以，她只追求松弛的生活。

前年，敏生喜得一子。小宝宝一满月，敏生就开始细致地做食谱，认真塑身，重新练功，远程上课。一天24小时，每个小时都有精准的安排。

她原本就对舞蹈有兴趣，也有天赋。

众人皆笑说，敏生做了妈妈，整个人都变样了。

小宝宝一周岁时，敏生拿到了华东区的舞蹈比赛业余组亚军。厚实的奖金给小宝宝做了教育基金，亮闪闪的奖牌挂在刚蹒跚学步的小宝宝胸前，看着真是萌萌的！

敏生说："我想让孩子以我为荣，待他长大了，能拿妈妈吹吹牛。"

父母在孩子的心中重要如天，敏生只是希望，她在孩子眼中的形象是发光的。比起荣誉，她认真进取的状态更令小孩子自豪吧。

////

谁不想爱的人因为自己而骄傲呢？生活大多时候都是平凡甚至平庸的，无论是你还是我，能亮出来让人赞赏的东西并不多。而我们尽力一跃，努力争取的，就是为了让自己爱的人能拿去炫耀。看着他们因为自己而满脸放光，所有的辛苦都在那一刻成了"值得"。

那种满足，不必言说。

- E N D -

3

你不是要强，
只是
不懂经营罢了

/

我在逛街，转角处看见一个女人，一手抱着孩子，一手磕磕巴巴地推着童车。孩子在哇哇大哭，让人听得好生不忍，女人斜挎的大包在身上摇摇欲坠。我下意识地一个箭步冲上去，接住差一点就要滑落在地的包。对方回头道谢，照面一看，是绿子。

她目光被刺了一样急剧缩回，羞赧和恼怒在她脸上浮现。帮了她她还不开心，绿子还是一如既往的那个绿子啊！我看她还是这副样子，实在没好气，说："先照看好孩子吧，你看她一直在哭！"

是的，绿子总是如此要强，总是想告诉所有人，她过得很好，值得所有人羡慕。

她今日狼狈的一面被我撞见，就如一栋建筑的光鲜外墙破了个大洞，对她来说难以承受，所以本能地要用言辞掩盖自己。对我来说，这是个好好和她谈谈的契机。可惜，她明显不想给我这个机会。

连我提出要开车送送她，也被拒绝了。

如果害怕欠我，今后我需要帮忙的时候，伸把手就行了，用不着这么见外，毕竟谁都有遇到困难的时候。但是，"好强"的绿子，绝不会接受我的善意。

和绿子一样，许多人喜欢用好强来自我评价，在我看来，她们的好强不过是伪装，内里其实是不知道如何梳理自己的生活，也不愿去学罢了。

//

我的表姐绿子，在我认识的人里是最拼的一个。她每天都忙碌不堪，可是拼出的结果出人意料地不好。

她比我只大半岁，很早就有男朋友了，那是个高大的体育生，走在绿子身边，显得她小鸟依人。可是熟悉的人都知道，绿子这个男朋友简直是摆设。生病时，绿子要自己扛着，搬东西自己东跑西跑地拎好几趟，连考前突击去自习室占位置都拜托不上男朋友。男朋友忙着干什么？除了训练，就是玩玩篮球、足球、橄榄球，间或和哥们儿一起去喝小酒。

周围的人看绿子那么辛苦，想出手相帮时，绿子总是忙不迭地拒绝，加上一个灿烂的笑容，说："我啊，就是好强。"弄得想帮忙的人无言以对。

毕业后二人就结婚了，男方家里不愿意相助。可是现如今，刚出校门的男女，全靠自己组建家庭过日子的话，难度可想而知。绿子也不开心，可是因为她好强，所以并不跟男友提要求。刚毕业，薪水微薄，绿子就身兼两份工，忙得不可开交。很快他们有了孩子，绿子不愿委屈孩子，不愿给老公压力，只好委屈自己。对她人高马大的体育生老公来说，婚前婚后、为人父前和为人父后，生活并没什么改变——同样轻松自由。

绿子曾经说："我可不像一些女人那样，把男人拴得紧紧的。我也不用他养我。"她语句铿锵，语调里却有掩盖不了的疲惫。

真正好强的人，要么为了实现自我，要么为了对抗噩运，要么为了目标达成。总之，"好强"是为人生大大加分的。如果"好强"的结果是让自己更累、效率更低、更灰头土脸，那你一定是误会自己了——你不是好强，而是不懂经营罢了。

///

刚入职场的弟弟来跟我诉苦，说他每天都工作很忙，觉得很累，业绩却未见成效，而且和大家的沟通也成问题。问清楚了他的工作日常，我才发现，只要是和自己相关，事无巨细，他都要亲自从头做到尾。这样一来，他不但把自己弄得疲惫不堪，而且反响平平，还容易出错。一旦出错，大家就理所当然地觉得是他的责任。更不妙的是，久而久之，大家都觉得他爱出风头，领导也觉得他太"独"，不懂团队协作，还旁敲侧击地批评过他，让弟弟觉得自己吃力不讨好……

弟弟苦着一张脸，问："我是不是太好强了？"

我摇头叹息："你不是太好强，而是不懂得规划和经营。工作本是团队协作的事情，你却老是单打独斗。别的项目组是一群人集思广益、取长补短，你是单枪匹马，闷头苦干不看路，你觉得谁的力量大，谁的效率高？"

其实不仅仅是工作，生活中人与人之间也是互相协同、凝聚成合力才能达成所愿。从某种意义上来讲，"好强"都是有原因的，就像前面所说，那样的好强令人肃然起敬。若仅仅是"显得好强"，那不但不会成为加分项，反而会把生活弄得拙劣。

////

一力承担、傲视坎坷当然是优良品质。可是，明明有更好的处理事情的方式，却固执又别扭，这哪是好强？这是赌气。

其实也不怪绿子，她的妈妈，即我的姨妈，也是如此对待生活的。

姨妈年轻时家庭条件不错，姨父的家庭条件却差了不少。姨妈不想让别人说她嫁得不好，于是婚后早出晚归，累粗了手，累弯了腿。姨父的妈妈体弱多病，人却刁钻，姨妈为求家庭和谐，忍气吞声，把婆婆背进背出。家里的两个大男人——姨父和姨父的爸爸，却清闲得很，姨妈说他俩做事她不放心，好好坐着不添乱就行了。姨妈落得了一个"好强"的"美名"，可我看她的笑容，不曾发自心底。

绿子和她何其相似，没有充分准备的婚姻和生子把她拖入烦乱，和当年的同学们的距离越来越远。她无力和老公做新的家庭规划，无心习得更科学的生活方式，而是在苦苦维持着一点体面，生怕别人看低了她。

这样的女性不是少数，这种于事无补的"好强"，要它作甚！

/////

然而我发现，因不懂经营而好强的人并不是不好意思麻烦别人，而是她们知道自己没什么可回报的，或者压根儿没想过回报别人。

仔细观察就会发现，在那些习惯了对他们好的人面前，在那些真正不求回报的人面前，他们麻烦起别人来可一点也不客气。

绿子宠溺老公，对无条件爱着自己的父母却伸手伸得理直气壮。她每次回自己妈妈家，都对自己家需要的东西拿得很自然。绿子老公的工作是爸爸通过老朋友的关系给搞定的。生了孩子，她的妈妈去照看，没有工钱，还要补贴她的家用。在养大了自己的老人面前，绿子一点也不"好强"了。

我去绿子家做客，看着姨妈抱着孩子忙前忙后，绿子挽着袖子做饭、洗碗，她的老公逗一逗被姨妈抱着的孩子，就去阳台抽烟了，我真的又心酸，又生气，又无奈。

而绿子还夸赞老公，因为他还知道抽烟要避开孩子——真是太令人赞赏了。

她也没有忘记夸自己："我就是太好强。"

- E N D -

4

没有存在感，
是因为你
把自己放得过低

/

　　我让落英发来工作所用资料的链接，落英不小心丢过来了自己博客的链接。落英以为博客如今没几个人看了，写在那里应该很安全，没想到被自己暴露了。瞧，信息时代也有不好的地方。

　　我随手打开，见落英在博客里进行了一番哀怨的倾诉，说没人关心她，单位有几次集体活动都把她忽略了，感觉自己是个透明人，就连在家人心中，她的喜怒哀乐也激不起波澜。

　　我既然看到了，就没办法装作看不见，于是以公事为名晃到落英办公室，装作不经意地和她聊起来存在感这回事。

　　落英战战兢兢，看我的眼神如同受惊的小兔子，让人既怜惜，又有几分厌烦。

　　是的，只有具备小朋友那样的萌态，像小朋友那样必须依赖成年人生活，才会让人心生保护欲。成人如此的话，无关的人只会觉得麻烦。

　　聊了几句，落英句句带着歉意。发错链接不是什么大不了的过错，就算在上班的间隙写写博客，也不是什么大不了的事情，开开玩笑就能过去，没必要自责到如此地步。到最后我也无奈了，再次表示"没关系"之后，转移话题聊了几句别的，起身离开。

想想落英，她确实进公司很久了，但是所到之处几乎没有留下痕迹。她觉得自己能力有限，平日里畏畏缩缩，对人和做事都过度谦卑，会上总是没有任何意见，会下也总是唯唯诺诺。的确，没有人说过落英的不是，但是这反而更糟糕。这次若不是必须，工作资料我也想不起找她要。

每个人都独一无二，谁也不想成为一个可有可无的人。

//

在我们一帮朋友里，小志算不上有钱，算不上有才，长得也不帅，可是就数他在女朋友那里地位最高。

几乎每次聚会都是他发起的。我们问小志："你一个有女朋友的人，怎么比我们这些'单身狗'还自由？"小志给了我们一个倍儿骄傲的微笑，说："我们俩，我说了算。"

聚会时，小志从来不担心自己喝酒是不是喝多了，回去是不是太晚了。

有一次，几个人约好了一起带着家属踏春，小志却一个人来了。大家有了嘲笑他的机会："喂，小志啊，你不是说你们俩你说了算吗？怎么女朋友都带不来？"

小志呵呵笑着，说女朋友生病了，所以就一个人来了。

小志的语气太淡定、太轻松，以至于我们过了一会儿才反应过来："等等！你女朋友生病了，你还有心情出来玩？你不用照顾她吗？"

小志展示了"生病的人还需要照顾吗"的愣怔，然后说："她说不用啊，她生病一直都是自己搞定的。"让人听了都来火，喂，小志，你还是人吗？

后来我们知道，小志的女朋友何止是生病了不需要他照顾，有了其他麻烦，她也是自动远离小志，等把麻烦解决了再出现。

小志的女友我们见过，不错的女孩啊，但不知道为什么，她看人的眼神总是那样谦卑，沟通的时候用的敬辞让听的人都不自在。

她像是生怕给别人带来麻烦，仿佛为自己的存在都感到抱歉似的。我不知道她曾经受过怎样的伤害，我只知道，她没必要这样。

尤其是，当她面对小志时，总是流露出"这个人居然爱我！我好受宠若惊啊"的不安，说话间隙也要悄悄观察小志的脸色，我真想抓住她的肩膀猛摇："姑娘啊姑娘，你这样，别人更加不会把你放在心上好吗？！你为什么要这样贬低自己啊！"

///

生而为人，每个人都有或多或少的自卑感吧。毕竟，有那么多人比我强，有人不是这方面比我强，就是那方面比我强。

有时候，我们会因为猝不及防地遇到自己无能的情况而愤怒；有时候，我们甚至想把自己踩扁在地上，自虐般地展现自己的怒其不争；有时候，我们因为害羞或者惭愧，而幻想能把自己变得小到不能再小，以求得别人的忽略；有时候，我们会因为爱，自动地在爱的人面前放大了对方，缩小了自己。

我的朋友阿梅，她在父母面前也会觉得自卑，因为兄弟姐妹都比自己强，她觉得平庸的自己无法回报辛劳的父母。她在家里，连走路都静悄悄的，像是害怕打扰了谁。时间久了，别说兄弟姐妹，连父母的目光也越来越少地在她身上流连。

听得人鼻子发酸。

我们多想从别人那里得到肯定和夸赞，这当然不容易。为了降低别人的期待值，我们可能会先把自己贬损一番，久而久之，便成了习惯。

这些统统还是因为我们在乎自己。

我们在乎自己，所以不愿意得到这样的结局。所以，现在，听我说。

一、列出自己的优点和缺点，写在纸上，看一遍，或者读出来。列出和你年龄相仿、条件相仿的一个人的优点和缺点，和你的写在一起。

二、录一遍自己讲话的音频或者视频，听或者看上几遍。刚开始听或者看时会觉得尴尬，但是这有利于我们置身事外地看自己，以旁观者的目光审视自我，可能就会觉得，自己也没有那么差劲。

三、告诉自己你只是人群里的一员，只是碳水化合物和微量元素的组合。大家都有太多东西要关注，没有人会用太多时间关注你。

试着做做看，客观看待自己当然不容易，但是这值得我们不断努力。我们的目标是，不狂妄自负，也不妄自菲薄。

- E N D -

5

你爱我，
所以
我欠你？

/

骂人不好，可是身为一个忙到四脚朝天的设计师，当再次收到 QQ 上发过来的"伊伊，你帮我哥的店设计个门头吧，可喜欢你的设计了"时，伊伊还是忍不住骂一句"fuck"。

那位爷每次要的设计都是免费的，也都会表达自己有多么喜欢伊伊。

既然如此喜欢，就给点劳动报酬好吗？

有圣母批评过伊伊："人家喜欢你，你还嘚瑟啥？"哦，别人喜欢我，所以我就欠他的吗？我还喜欢原研哉（日本知名设计师）几十年了呢，也没见他免费给我授个课啥的。怎么着，脑力劳动不算劳动吗？

听伊伊"吐槽"，孙七开起了玩笑："别这么说，我们体力劳动者也没好到哪儿去啊。"

孙七有个特别的业余爱好，就是做木匠活儿。他有技术，懂审美，做出的东西精致可爱。他也乐得与人分享，亲人、朋友倒也算了，可是那种八竿子打不着的人辗转找来，拿了图让他帮忙给做一个，做完了又挑剔工期太长、抱怨做的和图纸差别太大，算怎么回事？

"不过，我这不算什么，西门才可怜，哈哈哈哈哈。"说完之后，孙七还不忘拿西门开玩笑，

西门哀怨地看了孙七一眼，算是承认自己可怜，值得被人"哈哈哈哈哈"。

前段时间，西门出了一本书，不算大红，但是也有一众拥趸。他在微博知会大家自己出书了，几天后有陌生人私信他求赠书。他的样书已经没了，加上求赠书的人太多，就无视了这条私信。没想到那个人因此生气了，说自己喜欢他的书，所以才索要，没想到西门就这样对待喜欢自己的人，一本书三十块钱不到，自己的喜欢难道还不值三十块钱？西门太小气了。

西门想辩解也没机会了，因为对方已经"果断取关"了他……

伊伊快言快语，问西门，既然一本书三十块钱不到，干吗不自己买了得了？网购还能再打折，而且寄的速度肯定比西门寄的快多了。西门无言以对。

其实，这样的人的喜欢，的确不值三十块钱。是他（她）自己把自己的喜欢弄廉价了。对大部分人来说，时间和情感，精力和心思，是更加贵重的东西。只有粗浅的人才会觉得，金钱才是珍贵的，而这些看不见摸不着的东西并不值得尊重。

//

多年以前，有一位刘德华的年轻粉丝，因为太迷恋自己的偶像，自己

辍学，甚至让家人卖房来追星。一晃许多年过去了，最终她的愿望并未达成，而父亲也因为绝望而自尽，在遗书里大骂刘德华。

少女年轻不懂事，诸多媒体也为她的情绪推波助澜。仿佛因为她爱得疯狂，大家就要理解和宽容这份爱，被爱的人更是要施以回报，不然就对不起这份爱。至于这份爱是不是理智的，是不是一种冲动，媒体和家人都不去考虑。最终酿成了悲剧，不少人又去怪罪被爱的那个人。

这让我想起高中时，和这位女粉丝年龄相仿的一位女同学。

她喜欢隔壁班的班长，班长却连她是谁也不知道。

她先是递情书，送礼物，后是约见面，装偶遇，再后来发展到写血书，喝农药……

还好，最后人没事，可是她的家长揪住隔壁班的班长不依不饶，学校也想息事宁人，让班长给女同学道歉。

"我又没做什么，现在走在路上却被人指指戳戳，凭什么给她道歉？"班长想不通。

坦白说，当年的我也觉得班长做得不对。人家女孩对你这样痴情，痴情到连命都可以不要的地步，你为何连道个歉都不愿意？太没人性。

如今想想，我当年也是把班长弄得转学的"凶手"之一。他的确无辜，而我们这些人，不去从根源处解开女同学的心结，却一味地纵容，弄得女同学和班长两败俱伤。我们只知道爱太难得，所以深爱值得佩服，值得被感动，但是我们不知道，被爱的人没有义务满足施爱者的意愿。若遇到了极端的情形，他有心情、有能力处理得好，那当然是所有人的运气；若他没有心情、没有能力处理得更好，也无可指摘。

是的，在舆论的压力下，班长后来转学了，从我们这个重点中学转到一所差了不少的学校，到一个陌生的环境重新开始。

多年之后我想说一句，对不起，班长。

///

听过一句话："我爱你，与你无关。"

这是爱的高境界。因为境界高，所以能做到的人少。

这句话并非要否定爱，并非要抹杀爱，更不是教人盲目地爱。而是说，一个人心生爱意，首先应该会油然而生愉悦、满足和感恩之情——因为上天创造出可爱之人，让自己见了开心；感恩这世上存在可爱之物，且与自己相遇。

而不是觉得自己付出了，吃亏了，就以"我爱你"为借口，绑架对方的情感，让对方去顺应自己的期待，做出相应的付出和回报，甚至令人背上沉重的道德负担。

我的好朋友霄霄，一直是个看上去阴郁的女生。了解之后才知道，她一直觉得自己欠父母太多，她对自己的能力不满，认为自己无法做出让父母骄傲的事情来回报他们。人的一切痛苦，都是对自己无能的愤怒。所以，霄霄一直生活在自我折磨中。

我们大部分人都是普通人，每日的奋斗能对得起自己就已经很好了，想要突破，想要变成人中龙凤，哪有那么容易。

霄霄的妈妈却生怕女儿忘了她的养育之恩，不断地重复着她为了把女儿养大，吃了多少苦，受了多少罪。

她曾经在下雨天用身体给霄霄遮雨，自己淋雨生病，却还要下厨给霄霄做她爱吃的西红柿鸡蛋面。

她把所有精力都投放在霄霄身上，也因此放弃了职位的晋升，丢掉了大好的机会，让当年和她处在同一水平线的老同学生生把自己拉开了一大截，如今见了自己就趾高气扬。

她年轻时苗条美丽，为了照顾霄霄，身体变得松松垮垮，皮肤变得粗糙了，腰也像水桶一样粗了。

可怜天下父母心，令人感动，可是她不知道，霄霄却在她一遍遍的强调中生出了深深的负罪感。她渴望回报父母，她渴望得到认可。因此她特别脆弱，一旦受到挫折，霄霄就会陷入无休止的沮丧、颓废、自我否定……我想，这并非是霄霄妈妈的本愿吧！

我告诉霄霄，抚育子女是父母的责任，就像父母老了之后，赡养他们是你的在责任一样。他们从抚育你的过程中获得过乐趣，你不必因此愧疚。霄霄却吓了一跳，仿佛听见了多么大逆不道的话。

////

觉得"我爱你，所以你欠我"的人，情感脆弱，缺乏自信。

真正的喜欢，一定是以尊重为前提的。强迫和要挟不叫爱，那叫自私。我觉得，雪儿对这一点认识得特别到位。

雪儿玲珑可爱，米君喜欢她到辗转反侧、夜不能寐。遇见她时，米君一百七十斤，爱上她后两个月，米君一百四十斤——不是运动减脂，而是为伊消得人憔悴。

遇见她时，米君是一等奖学金获得者，爱上她的那一学期，米君挂了两门课。

遇见她时，米君是个没有任何不良嗜好的乖乖仔，爱上她之后，米君为缓解痛苦，经常宿醉。

米君的妹妹找到雪儿，央求雪儿去劝劝米君。

雪儿是个善良的女生——这也是大家喜欢她的原因之一。于是她去见了米君，好言相劝，甚至说出自己志在大洋彼岸某研究所，所以本科期间不会谈恋爱这种话——要知道，雪儿不是个事情还没做就一堆豪言壮语的人。提前公布计划，并不是她的习惯。

原以为此后米君会好一些，没想到米君更加软磨硬泡，他要雪儿陪在身边，要雪儿"做他女友试试看"。雪儿怒了，她板起了脸，一字一顿地告诉他："谢谢你爱我，可我不欠你。"

的确，爱一个人、爱一件物，本身就是收获。你的爱既然是由心而生，何必因此觉得被亏欠了呢？

- *E N D* -

谁真觉得
年龄不是问题，
那才是有问题

/

　　"我不是要吓唬你，但是年轻是你唯一的优势。"

　　小粒熏这么跟我说的时候，我觉得她是嫉妒，嫉妒我还年轻，有大把时间可以挥霍。我觉得她说错了，年轻不是我唯一的优势，而是我最大的优势，而且要加个"之一"。

　　这句话该这么说：年轻，是我最大的优势之一。

　　小粒熏冷笑："你的其他所谓优势，无非是由年轻生发的。"

　　嗬！这一套一套的，我不乐意听。

　　我逛街会刷爆信用卡，绝对不存钱。我和陌生人在网上聊天，间或谈谈恋爱，当然不是以结婚为目的。

　　"学业""积累"都是什么东西？我喜欢每日里晃晃荡荡，青春不就是用来浪费的吗？

　　熬夜、大嚼垃圾食品也不在话下。"我抽烟、喝酒，但我仍然是好女孩。"我不想现在就过上暮气沉沉的生活。

像小粒熏那样默默给自己制订计划，会老得很快吧。而且，那样的人生还有什么意思？

我偶尔也会焦虑，但是马上就被和朋友一起吹牛皮时候的哄堂大笑掩盖了。

//

小粒熏是我妈。

她是一个勤勤恳恳、兢兢业业的中年妇女，现在还每周学习两次，运动两次。春天的马拉松比赛又要开始，她理所当然地要报名参加。

她看起来比我还有活力。

一到假期，她的白天就成了我的黑夜。我的三餐都用外卖解决，方便快捷。尿急了上卫生间时，瞥见她听着音乐、系着围裙，在干干净净的厨房里，一边煎蛋，一边和我爸聊《朝闻天下》，我就撇嘴，真——没——劲。

平时，她的黑夜基本上也都是我的白天，我瞪圆了双眼凑在荧光屏前，不断变幻的游戏界面的光芒打在我脸上。只是我在学校，她不知道而已。

高考累着我了，那之后我就幡然醒悟，作为辛辛苦苦进化到食物链的顶端的人类，我不是来做苦行僧的，这光怪陆离的世界只配别人享用吗？

我比别人大那么一两岁，所以看得更透彻——至少我这么觉得。

大那么一两岁是因为贪玩，所以留级了……我不愿回想了，反正我后来还是进了大学校门，尽管进的学校比预期的要差很多。

我心底深处是有不甘的，只是我不愿承认。

///

前段时间许巍的新歌出来了，真难听，是高晓松拿枪逼着他唱的吧？小粒熏说，许巍之前的歌好听极了。

我和小粒熏的朋友圈都一片骂声。我看见小粒熏在朋友圈说"高晓松毕竟老了"。

的确，"生活不止眼前的苟且，还有诗和远方的田野，你赤手空拳来到人世间，为找到那片海不顾一切"，比起他当年写的"那天，黄昏，开始飘起了白雪，忧伤开满山岗，等青春散场"，差得不是一星半点。

小粒熏说："人老了，就会有心无力。"

有心无力是什么感觉？就像我感冒的时候，想挣扎着给自己倒杯开水都费劲那样的感觉吧。我浑身一个哆嗦，有心无力的感觉，的确不好。

"但是，"小粒熏说，"人家高晓松，毕竟在能写、能唱、能折腾的时候，淋漓尽致地展露了自己的才华，人家不亏，不悔。"

我知道，这话是对我说的。

我也怕亏得慌，我也怕后悔。可是，"向上"真难，"向下"则舒服多了。

////

小粒熏开始在教练的指导下练习跑步，她有常年运动的底子，但还是经常累得脸色发白。我不忍心，劝她何必这么拼，她看也不看我一眼。

但是她跟我爸爸倾诉："老了是不一样了，再怎么合理锻炼、科学饮食也不行。唉。"

听阿姨说，小粒熏年轻时候是个"问题少女"，晃一晃，混一混，等发现身边的朋友除了"问题少女"之外没有其他人时，发现自己已经二十好几了，却是两手空空。于是快三十岁的年龄了，她还和十七八岁的人一起上课，比人家学得慢、学得困难不说，还有深深的羞耻感。

谁说年龄不是问题？你要是玩票，那就不是问题。但是对于人生的主旋律来说，每一个节拍都得在点儿上，而且，如果你对自己期待较高，那最好是像钢琴技巧娴熟的人一样，弹出《野蜂飞舞》的速度来。

所以她管我管得不是很严厉，因为她觉得自己没资格。

她自己却从快三十岁到现在，一直在进步，每一年都有不一样的收获。

我晃过了大学四年，整个人还是高中生的状态，走出校门不仅觉得一贫如洗，更觉得被时间偷走了什么。

幸亏还有游戏。

女孩沉迷游戏很奇怪吗？念叨的人都走开啦！

/////

时光如水？不，时光如瀑布，那是一泻千里。

小学时和我差不多的人如今有当企业高管的了，中学时和我差不多的人如今有做副教授的了，当初和我一起练琴的有经常能在电视里看见的了。

我虽然不常出门社交，但是这些我都知道啊。可惜，小粒熏没拿这种话来唠叨我，我白白准备那一句"和你年龄一样的已经竞选美国总统了，你怎么还是个小老百姓？！"了。

没办法，高中毕业一转眼要十年了。我必须得从头积累，没人因为我的年龄让我一开始就坐较高的职位。专业虚度了，琴艺也已经荒废很久，学其他东西，从现在开始都有点晚。

谁真觉得年龄不是问题，那才是有问题。

你当上帝独独偏心你，给你更多的时间吗？你有更惊人的天赋吗？如果真有，也不至于笨到一把年纪才明白道理了。

我站在小屋的镜子前，扮作小粒熏，一句句骂自己。

/////

其实，是我嫉妒小粒熏。

她天资平平，情商也没有很高，但是凭借踏实，稳稳地沉在生活里，将自己的潜力一寸寸逼出来。而我，眼睁睁看着一起成长起来的小伙伴们将我远远抛在后面，比我小许多的小朋友追上来，又跑过我。

这种无力感真的很让人难受啊。

好吧，少少嫉妒，多多佩服。我还是很以小粒熏为荣的，我爸也是，我们全家都是。我也想成为一个让人引以为荣的人。

小粒熏要和我谈话。

"不能再拖了，"她认真地看着我，"别再说'到时候我再如何如何'这种话了。年龄很是问题，每长一岁，问题也长得更大。"

见我不说话，她叹了口气："不过，你自己的人生，你高兴就好。"

我哇地哭了："可是，我不高兴。"

"那就开始吧，"小粒熏用指关节扣着桌子，"年龄越大，问题也会越大。比起更晚，现在还算早的。"

好吧，那就开始。

开始学习小粒熏优良的作风、不屈不挠的意志。

尽管我已经熬不了夜了。我唯有安慰自己，月入一千八总比月入为零的好，何况高晓松这样的才子，不也写了首烂歌出来吗？

任何时候开始都不晚。只是，不要一定等到晚了才开始吧。

- *E N D* -

一个连自己
都不爱的人，
怎么会爱你？

/

一帮女生聚在珞兮家里聊天，外面下着瓢泼大雨，不时雷声轰鸣，衬托得屋子里温馨又安全。

女生聚会自然会聊起喜欢的男孩子类型。君之抛出话题，问："狼一样的男孩子和狗一样的男孩子，喜欢哪种？"

大家笑成一片，都说君之太极端，这让人怎么选嘛！不过，非要选的话，就选狼一样的男孩子好了，有性格嘛，而且感觉是准备大干一番事业的样子。

珞兮喝了一口奶茶，声音低低地说："我之前喜欢过一个，按君之的话来说，应该就是狼一样的男孩子。"

那个男生，就是大家口中"男人，要对自己狠一点"的那种。

他的座右铭即"天将降大任于斯人也，必先苦其心志，劳其筋骨，饿其体肤，空乏其身……"

在我看来，在这物质富足、外卖服务如此便捷的时代，还要饿着肚子工作以使自己头脑清醒，纯属自虐。何况这样效率也不高啊！

当然，珞兮不这么看。珞兮被这个男生奋发图强、志向远大的样子深深打动了。

珞兮做了他的女朋友之后，从没见他关心过珞兮。而且，他也不允许珞兮自己关心自己。

他约珞兮远足，为的是强身健体。珞兮带了创可贴以防脚趾磨破，都被他说娇气。偶尔一起逛街，珞兮要买冰激凌之类的零食吃，他会觉得正餐之外还吃这些，太浪费。至于工作、学习这样的"正经事"，珞兮要是在过程中出口抱怨困啊、苦啊，他会正色告诉珞兮，珍惜上进的机会，不要有公主病。

Excuse me？这样算是公主病的话，我们几个女生聚在一起，在沙发、地毯上七歪八倒地群体吐槽，岂不是公主成精了？

最让珞兮伤心的一次是，有一回每个月一次的"亲戚"来了，珞兮实在难受，就请假在自己的小屋子里休息，他知道了，不但没有安慰的意思，还说了一些类似"你们女生就是软弱"的话。

他这次是半开玩笑，珞兮却认真了。"好吧，我是软弱，没办法陪你过坚强如钢铁战士一般的生活。"

他们就此分开。珞兮当然难过，毕竟，她曾经那么爱他，可是她得不到回应，也看不到改变他的可能。而在一段感情里，仅仅依靠一个人的努力，是没办法撑下去的。

//

我们身边总有一些人，他们认为一个人来到世上就是要吃苦的，艰辛劳作才是生活的常态。他们并不是针对谁，连对待自己都充满了不必要的苛刻，这样的生活状态才是他们眼里该有的样子。于是，即使有松弛和享受的条件，他们也不会去放松自己。

都说，爱的魅力之一就是在爱人面前能做一个小孩。可是啊，那些连自己都不爱的人，怎么能允许别人在自己面前做小孩呢？可怜可叹的是，他们的字典里就没有"宠爱"二字。自己都不知道宠爱是什么样的，怎么能拿出去给别人呢？

记得我刚上大学时，同寝室有一个叫欢欢的女孩，剪着齐耳短发，背来的被褥又薄又硬。开学后，天气一天凉过一天，她也忍受着，没让家里寄厚点的被褥。她平时吃饭更是节约，一般只要一个菜。我们都以为她家庭条件不好，后来才知道，她的家庭虽然不算富裕，但是跟我们同寝室的同学比起来，也算中等了。

后来我们更熟悉了，彼此去对方家里玩，才知道，她的爸爸妈妈的生活习惯就是这样的。

家里的东西到处乱扔，墙上有好几处污垢，桌子上一层尘土，他们都不以为意。

她妈妈的拖鞋都是凉鞋剪断几根鞋带做成的，家里的东西无论是床单还是毛巾，都要用破了才换。吃饭的时候，一家人只炒一个菜，目的不是补充营养，而是下饭。那天是因为我们去，出于招待客人的热情，才添了两个菜。食物不小心掉了一点点在地上，也要捡起来吃掉。有一天，欢欢爸爸回家晚了，直接进了厨房，盛了一碗掺着米粒的水来吃，他以为是水泡饭，可那是盛完了米饭的锅，为了方便洗涮泡了水。

欢欢又尴尬，又气恼："我爸怎么连白开水和自来水都分不清啊！再说，那锅是放在洗菜池里的，能从里面盛饭吗？！"

他们习惯了过这样的生活，且对此挺满意，没有想过改变。"生活质量"这种词汇在他们脑海里没有存在过。无论是身体上还是精神上的不适，他们都觉得没什么，不是大事啊，为什么不能忍呢？

至于欢欢，他们已经送她进了不错的大学了，这在他们的人生经验里，已经是大大地突破上限了，欢欢生活里一些需要关注的细节他们自然留心不到。

他们并不是不愿意爱欢欢，更不是没有物质条件去爱欢欢，他们只是习惯了过"人没那么金贵"的日子。这里面的"人"，包含他们自己。

///

曾经遇到不少朋友对我倾诉婆婆的过分。本来嘛，没有血缘关系，又在结婚之前没有培养过感情，婆婆们又大多觉得自家儿子骨骼清奇，谁嫁谁占便宜。这么着，本来几乎是陌生人，一下子住在同一个屋檐下，想让两个人融洽地生活也太难了。

平时还能忍耐，可是到了生孩子时，身体不但不受自己指挥，而且还要人照顾，婆媳矛盾就会凸显。

因为老人觉得这点事不算什么啊，不就是生个孩子吗，以前人家生五六个不也过来了？以前没有洗衣机、尿不湿，女人不都是白天洗衣服、晚上做衣服？现在干吗这么娇气啊？

我的朋友们呢，一边忍受身体和孩子的折磨，一边还要忍受这种态度，内心的苦闷可想而知。

我告诉他们，原因很简单，因为老人们自己就是这么过来的，她们自己就为了家、为了孩子献出了一切、磨损了身体，而且觉得这是应该的。你却不这样，他们觉得不适应、不平衡哪！

////

爱看历史书的人都知道，在过去的岁月里，有很多没人性的人在历史的长河里熠熠发光。他们不把自己当回事，什么身家性命，什么道德荣辱，他们都不在乎。他们的座右铭是：先不把自己当人，别人才会把你当人。

据君之说，她曾经遇到过这样的人，一度还成了朋友。

君之比我们大上几岁，参加工作的年头久一些，见过的极品比我们多出好几个。

那个人，姑且叫 A 吧，A 确是个奇人。

君之曾经遇到过一个很过分的上司，经常定一些大家完不成的目标，还抢下属的劳动果实。有一次，上司估计是在大老板那儿吃瘪了，回来就召集他们开会，会上挨个点名批评，弄得大家一肚子气。只有 A，还是笑嘻嘻的，给上司端茶倒水，捏肩揉背。要知道，她在会上受到的批评也很重、很无理，她却丝毫不以为意。

可是公司的管理实在有问题，君之的同事里，家庭条件好的就继续混混日子，家庭条件差的就考虑跳槽。A的家庭条件差一些，但跳槽也不容易。当时有一个大她好几岁，她也完全不喜欢的富一代对她示好，她就接受了。君之还曾经劝过她，劝她最后不要因小失大，她只是笑笑。

后来，君之在最需要人帮助的时候，A退避三舍不说，还试图落井下石。君之这才警觉地和她保持距离了。

A连自己都能随便奉送，尊严受到伤害也无所谓，怎么可能顾及"朋友"的名义而对你好呢？

那些会生活的人，总会在有意无意间令身边的人也感受到生活温柔的一面。而那些不把自己放在心上，连自己都不会照顾、不会爱的人，怎么会爱你呢？

- E N D -

你也懂温柔，但更有力量

**GOOD GIRL
COMES WITH
LIGHT**

看什么都不顺，
你活得一定
很不如意吧

/

读本科的时候，有位老师讲述起她的一段过往。她说，那段时间诸事不顺，整颗心如同深陷泥沼里，周身笼罩着丝丝黑气，自然是看什么都不顺眼，用八个字总结，叫作"见谁烦谁，谁见谁烦"——这八个字太经典，让我铭记至今。

后来，许多事情都验证了老师总结的这八个字。

我为了某件事抓狂时，其他事情好像也来捣乱，让人想起"祸不单行"这个词。然后我沮丧、失意、大翻白眼，少人抚慰，倒是让很多人避之不及。

究其原因，无非是那个挑剔、苛刻的我一点也不招人喜欢。见谁烦谁的人，当然是谁见谁烦的了。

这位老师的这番话，对很多人影响都很大，其中包括米未未。

她从小被父母宠溺，真是蜜罐里长大的——包括她的饮食。

她嗜甜如命，是个曲线膨胀的胖子，据说连吃米饭都要放糖。进了大学校门，她发现，原来轻盈纤瘦的女生更受欢迎，大家的注意力一窝蜂地从成绩转向了外貌。这只是打击之一，更让她绝望的是，她大一还没有结束，父母就离婚了。原来父母的恩爱只是假象，二人早就已经没有了婚姻事实，几年前就商量好了，等米未未考上大学就分手。

按说父母离婚也不是什么大不了的事情，但对米未未来说，这件事情发生得太突然了。可是她怎能因为自己的感受，强迫父母违心地继续在一起呢？她心里很生气，可是为了父母，还要保持微笑。

回到学校，回到没有父母在的地方，她不用再假装开心了，于是同学们都看到了一个怨气冲天的米未未。

大学生活的自由，让她觉得没有方向；大学同学的成熟，让她觉得人心不古；老师不再像高中那样管得那么严，她觉得老师毫不负责。

她几乎讨厌所有人。

她讨厌男生，因为她觉得要不是爸爸先爱上了别的女人，她的家也不会散。

她也讨厌女生，因为她觉得妈妈太自私，不想办法挽回家庭。

她觉得，身边的女生虚伪又势利，男生更是以貌取人、肤浅、软弱。

她只看得到别人的缺点，并且会放大了来看，喜欢她的人自然寥寥。毕竟，谁会想去亲近一个讨厌自己的人呢？何况那人看起来模样不顺眼，性格也不好。

于是她更对大学生活反感至极。

这样的恶性循环让她陷入了和大学生活相看两相厌的境地，她本人自然苦不堪言。

偶尔听到老师回忆自己"见谁烦谁，谁见谁烦"的过往，米未未突然醍醐灌顶。她决定要强迫自己改变。

她从接近自己不那么讨厌的人的开始，努力与人沟通，学会欣赏，慢慢改变。

渐渐地，她有了新的朋友，也有了欣赏她、喜欢她的男生。米未未的戾气慢慢消散，人变得开朗起来。

//

看到有人说，你所看到的世界，就是你能呈现给别人的世界。这个世界如此丰盛、多元、立体，且不断变幻。所以，你亮出了你看世界的角度、方法，就等于告诉别人，你究竟是个怎样的人。而别人，自然也会依照这个判断来确定该如何与你相处。

昕昕跟我吐槽，说她们合唱团里有一个留着长卷发的女子，每次来参加活动，都带着一连串的抱怨。她抱怨老师讲得不精心，抱怨合唱团的服装太难看，抱怨这个同学声音太高、那个同学拖大家后腿。更过分的是，她觉得合唱团排练时间太早，影响她做其他事情，硬要推迟半小时。大家都被她弄得很烦，本来参加合唱团是为了娱乐自己，给生活增添亮色，却出现了这么一个堵心的人。

熟悉了之后，这个惹人讨厌的人更到处挑刺，对情绪毫不掩饰。比如，昕昕是博士毕业之后几年才把结婚提上日程的，长卷发知道了之后，大惊小怪，说了"博士毕业不好找男朋友吧"，又说"赶紧结婚生孩子，不然男友跑了"，又说"读博士不划算的，现在博士也不好找工作，还花了家里那么多钱"。她还对昕昕的装扮、行事各种挑剔，连昕昕留短发她也看不顺眼，说没有女人味。

这样一来，合唱团里没有人喜欢她，小组对唱时，没人愿意和她一个小组。大家团购服装也没有人喊她一起。有一次，合唱团开展一个活动，老师让大家互相通知时间、地点，却没有人通知她。而那次活动，不但上了电视，还有报酬拿。

我听说了此事后，隐隐觉得，那老个师可能也是故意的……

昕昕教养好，虽然烦不胜烦，但始终没有与其起冲突。朋友花花是个古灵精怪的人，她听说了长卷发的种种事迹，促狭一笑，笃定地说："她看什么都不顺眼，活得一定很不如意吧。"

果然，后来陆陆续续听合唱团其他人说，长卷发从小的生活就不顺利，学业落败，工作环境也不好。她早早结婚成家，想创建新的生活，可惜丈夫徒有其表，只会惹是生非，从来不想着为她分担家庭的重担。她来参加合唱团，也是因为丈夫成天不着家，她不想独守空房，那样太孤单……

还真是被花花说中了。可惜，长卷发没有米未未那样改变自己的契机和勇气。而且，若一直如此，她的世界里，不顺眼的东西会越来越多，生活也会继续不如意下去。

可厌，也可怜。

没有人愿意成为这样的人。

///

心理学家认为，过得越不如意的人，越会挑剔这个世界。因为他会因活得不如意而丧失了包容心；因为他的世界充满了灰暗、挫折，所以不愿意相信还有美好的事物；因为生活的不如意大大打压了他的信心，他只好以扭曲的眼光来看待周遭；因为生活对他缺少善意，他便不由自主地以同样的态度来对待生活。

我们当然知道，这样是不行的。这样下去，一切都会变得更加糟糕。

作为亲眼见到米未未改变的人，我曾经很认真地请教过她，是怎样一步一步由一个"谁见谁烦"的人，变成一个自信、平和的人的。我们都知道，这并不容易，而听到那位老师自述经历，仅仅是改变的小小开始。

米未未很乐于分享。

她说，先找到自己相对欣赏的人，靠近他，模仿他。连你自己这个苛刻的人都会欣赏的人，一定有太多人喜欢了。对方体察万物、应对人和事的方式，一定会让你收益良多。

其次，看什么都不顺的人其实比普通人更渴望温暖和爱，然而因为自己别扭的性格，对偶尔出现的温暖会下意识地抗拒。所以，学会相信温暖、接受爱，是重要的一步。

这个时候，你一定已经变化了许多。接下来，就是强化这样的变化了，让它成为一种习惯，你会发现，我们的天空，雾霾虽多，蓝天也是时常出现的。

然后，找到成就感，做能让自己感到满足的事情，自然就没有心情去挑剔与自己无关的人和事了。而且，挑剔的人多有一颗自卑的心，成就感一来，自信也会出现。

万一，看到这篇文章的人中，有这样一个人，特别悲观，特别孤僻，每天的日子都特别糟糕，怎么办？别忘了，这个世界，还有书和艺术存在，不是吗？

你永远不会孤孤单单地存在在这个星球的，乖，摸摸头。

- E N D -

2

别傻了，
你并没那么
喜欢高富帅

像多多这样平凡的女孩……简单说"平凡"可能不够生动，具体说来，就是才貌均平平，读了个普普通通的专业，拿了个不高不低的学位，做着一份仅能糊口的工作，总之吧，没法让父母、亲友拿出去炫耀。

接着说。像多多这样平凡的女孩，也不是没有一点小梦想的。她也曾坐在麦当劳里幻想自己身处米其林餐厅；也曾在用一次性塑料叉子挑起老坛酸菜面时做出吃牛排的优雅状；也曾在面对小公园的人工湖时伸臂，闭眼，假装自己在海边；也曾……见了高富帅心脏怦怦跳，脸儿刹那间桃花朵朵开。

很平凡的男孩子，哪怕是脸长得好看一点点，拥有的财产比同龄人多一点点，腿长那么一点点，收到的爱慕的眼光都会陡然多出好几倍，何况是集这些优点于一身的北野。

第一次见面，多多到了约见的地点，一眼就认出了北野。不仅仅因为北野正把喝完的咖啡杯退到吧台——几乎没有顾客这么勤快，这么礼貌，而且北野实在太醒目了。

一身得体的西装，一看就是高级定制；一双温和又犀利的眼睛，一看

140   *I Hope You Have an Independent and Wonderful Life* － 愿你独立美好地过一生

就阅历广泛；一双笔直的大长腿，一看就……很帅！

多多为自己让北野等候多时道歉，北野微微一笑，说："没关系。"

事后得知，北野正在考察咖啡馆项目，而在等多多的那一个小时里，他写完了一个小结，并做成了 PPT 发给合伙人。

多多知道后，一双眼睛里都是桃花。生活里脏懒宅男见得多了，穷忙族见得多了，见到一个活的高效率工作狂，不为之折服的概率太小。

那次见面本来是多多所在的公司要和北野合作，工作餐却由北野坚持请客，一副不能让一个女人掏钱的样子，哪怕多多公司能报销。多多觉得，北野刷卡签字的样子简直帅呆了！

合作没谈成，天色已晚，北野送多多回家，为多多开车门的动作自然而绅士。

多多强压住心跳，一路无话，强忍到家，给我打电话，噼里啪啦地倾诉与北野相关的一切，她的中心思想是：怎么会有这么完美的男人！

"天哪，生活里怎么会有这样的男人！"

"我多多从未见过这样貌美的男人！"

一脸花痴状的多多觉得自己爱上了北野。

说起来，多多也空窗很久了，长到这么大，电视剧、电影、小说加上身边接触的人，脑子里生成了一个男性形象，那个形象可能没法具象化，可就是难以被打败。

如今，她终于找到了契合这个形象的人，那个人就是北野。

付明明闻知此事，出言嘲讽："多多啊多多，想泡高富帅，先减减身上的肥肉好吗？"

多多翻了个大大的白眼："正因为我身边净是付明明这样品位低下的男性，所以才浪费大好青春，白白空窗这么久。"

不过，多多真的开始减肥了。少吃，多运动，饿得两眼发绿光，口中念叨"北野"二十遍，自然就不饿了——她自己说的。

付明明压根儿不信，不过不再煲汤给多多带了，因为多多说了，一个大男人每天做饭有什么出息。

可是知道北野偶尔会给自己做一碟蔬菜沙拉，多多又两眼冒星星，觉得北野这么成功的人居然还会下厨，于是魅力又增一分。

多多爱吃板栗，付明明跑到很远的地方给她买来特别难买到的"胖子板栗"，多多一把推开，说："去去去，"她皱起鼻子，"这么甜，吃了会胖的。"

可是她和北野一起吃饭时，北野为她布菜，用勺子舀了一勺冰糖栗蓉给她，她娇笑着一遍遍回味那一刻："你们说，他怎么知道我爱吃栗子呢？"付明明气坏了，这下她倒是不怕胖了。

她不再和我们一起疯玩，而是去上各种培训班，学茶道（北野很喜欢茶）、历史（北野喜欢古玩）、煮咖啡（北野每天都要喝掉一小壶现煮的咖啡），每天忙得不可开交。

她关注了很多个公共帐号，都是和北野的专业相关的，力求在和北野聊天时能有共同话题。

她学瑜伽塑身，学化妆要变美，每天晚上贴面膜，还用美白格子对照肤色，看变白了多少。

付明明忧心忡忡："多多这是魔怔了吗？"

倒不是说积极改变自己有什么不好，可是这样着急忙慌地像吃掉一盒盒快餐一样学习，未见得有什么效果。以这样的学习速度，要能和北野在同一水平的话题进行探讨，初步估计要一年……三年……啊，遥遥无期。

因为北野也在不停地增加知识啊！这些原本就是他的爱好和专业啊！

由于工作关系，多多不时要和北野见面，每次见面之前，都是她最开心的时刻，因为要见到自己喜欢的人了。每次见面之后，她都累得像被抽掉了筋骨，因为她和喜欢的人除了工作交集之外实在没有共同语言。

我们都能想象得到，她是如何别扭地、压抑地、辛苦地和北野相处。

估计多多也觉得累，每隔一段时间都要找付明明大聊特聊，除了之前固定的主题之外，现在又多了暗恋的烦恼。付明明不再像之前那样插科打诨，会提一些真知灼见。他有些无精打采，但是还是维持了一个合格倾听者的素养。

他了解多多，不让她痛快地倾诉出来，她会憋出毛病的。也只有在付明明面前，她才如此自由自在，百无禁忌。

多多像一只被抽打的陀螺，旋转得丧失了自己，而且我们都怕有一天她倒下了，发现自己仍然无法轻盈地旋转，她会因此而痛苦。

而这一天终于来了。

北野在朋友圈发了一张两只手牵在一起的照片，配的文字是："终于等到你。"一只手是北野的，多多认出来北野经常戴的那块手表。另一只手纤长白皙，无疑是一个女孩的。

多多这只陀螺倒下了。她痛苦，她忧伤，她……如释重负。

是的，我没说错，她像是终于卸下了感情的负担。这段感情一直只有她一个人在自编自导自演，一直没有人喊"cut"。

付明明提来一壶刚煲的热腾腾的汤给她，是她最爱喝的猪肺白果汤。在北野面前，各种动物的内脏她是从来不吃的，虽然她爱这些东西爱得要命。

"我失恋了。"多多自怨自艾的样子很欠揍。

"行啦，你们本来就不是一个世界的人。还好北野不是渣男，不然真和你在一起了，每天累死你，到最后还得剩下你一个人哭。"付明明实在看不下去多多夸大自己悲伤的模样了。

"那我和谁一个世界？"多多呼噜呼噜地喝着汤，一边丢给付明明一个赞赏的眼光，表示这汤一如既往的好喝，"和你吗？"

付明明的脸唰的一下红了。

多多奇怪地看着他，忽然发现，付明明羞涩的样子还挺好看的……

故事到这里就结束了。

反正，从此之后看到首富之子王思聪的微博下面一群人在那里叫"老公"，多多也只是微微一笑。她理解这些人，正如付明明所说，与其说她们爱高富帅，不如说她们认为自己应该爱高富帅吧。

而感情，毕竟不是有钱、有颜就可以，最重要的是——舒服。

多多甜蜜蜜地给我们分享以上感受，说到最后一句话，付明明听到"舒服"二字，露出了淫荡的笑容。多多翻了个白眼，手肘瞬间顶到了付明明的胃部，继而装腔作势地哀叹："看来我的水平只能找这样的了……"

这一幕，和谐极了。

- END -

3

我为什么
让你
别着急结婚

/

现在是什么世道？现在的世道是：大龄男女们为找对象的事焦头烂额；你婚还没结，人家都准备生二胎了；更过分的是，你还处在觉得晚婚光荣的状态里呢，晚婚假都纷纷被取消了……

在这种情况下让你别着急结婚，我是不是傻？

在四面楚歌的婚恋战场，我让你别慌忙往前冲，我是不是有病？

雪君的妈妈认为，人生路上，最好凡事都先别人一步。于是雪君刚刚步入大学校门，妈妈就下了一道指令：奖学金可以不拿回来，以结婚为目的的男朋友必须领回来一个。

于是在同学们或者轻松恋爱，或者四处旅游，或者埋头苦学的时候，她在斟酌谁适合与她共度此生。

还算幸运，A 男出现了。他各方面都符合要求，领回家里，雪君的妈妈十分满意，于是二人就开开心心地谈起了恋爱，其间虽然也有吵架拌嘴，可是不影响结婚这个"主旋律"。一毕业，二人就领证，办婚宴，正式步入婚姻生活。看着同学们都为"另一半"的问题烦恼时，雪君觉得，自己真是有先见之明。

人生继续进行着。雪君和 A 男都看到了生活更五彩斑斓的面貌，主动或被动地认识到了更深层的自己。二人逐渐有了不一样的喜好，对同一件事情的看法也有了分歧。

两个人都如此年轻，变化太快的世界向他们抛掷出一个又一个新问题，在讨论和解决这些问题的时候，雪君和 A 男就像在两条平行的轨道上，两个人都拼命想往一起靠，可仍然是鸡同鸭讲，对牛弹琴——当然，他们都觉得对方是牛。

二人都深深地觉得，婚姻这种直面生活的严肃的事情，和校园里约约会、聊聊天的恋爱太不一样了。

时间久了，雪君和 A 男既迷茫、又痛苦，在人生的大方向上，他们实在不一致。他们唯一一致的，或许就是二人还没有开拓生活，就都已经固定住了生活吧！

A 男很快有了红颜知己，雪君虽然暂时没有蓝颜知己，可是她知道自己有这样的渴求——这让她觉得危险。

//

有一次，微博上出现了一个"晒辣妈"的主题，一群年纪轻轻，孩子却已经好几岁的妈妈纷纷晒出自己的亲子照片。推算起来，有的甚至还没成年就已经有孩子了。

有人苦笑，这个主题是想晒像钟丽缇、小S那种虽然做了多年妈妈，有了好几个孩子，身形依然火辣、状态依然昂扬的辣妈，而不是比拼谁生孩子的时候更年轻。

　　芝芝想早早做完人生大事，然后就可以一劳永逸了。认识B男之后，二人很快走到了一起。在一帮小姐妹里，她是最早结婚生子的，可是，面对小姐妹的祝福，她哀叹，在孩子成年之前是别想做自己想做的事情了。而B男，他自己还是个孩子，还在接受年富力强的父母的照顾，让他享受小宝宝可爱的一面倒是没问题，可是让他为小宝宝接一把屎接一把尿地付出，他只想后退。

　　同时，芝芝不得不想到，几年后，她就要处在需要面对升职加薪的年龄，但是生活里的种种琐事让她现在没有精力继续学习。她发现，自己并不像之前所想的那样安于现状，与之相反，她还是很有野心的一个人。

　　在姐妹聚会时，她自我解嘲地说，没想到自己就像一颗洋葱那样，剥开一层，发现里面还有许多层。

　　这不怪她，要怪只能怪我们生活的社会环境前所未有地丰饶，个体的发展也前所未有地丰富，你自己还在快速的变动中，在这样的变动中加入人生更大的变动，着实是很辛苦的一件事。

　　所以大家会发现，越是生活变化相对较慢的地方，人们越是可以放心大胆地早早步入婚姻。

///

我的表姐结婚很早。她很小就在一家美容院打工，和别的打工者不同，她不单单为了每个月赚薪水，她还有更长远的计划。她努力学技术，因为知道自己做老板多么辛苦，她本人并不想要这份辛苦，所以从不把精力放在学习怎么管理上。

家乡新开了一家规模很大的美容院，诚意邀约她回来挑大梁，条件谈妥，她回来了，而后找了个投契的人结婚，开始生活。

她工作做得好，老板欲升她为店长，被她拒绝。她只想要一份足以维持自己生活的工作，不准备为之付出更多的精力。

她是个特别了解自己的人，生活如她所愿按部就班地展开。

抛开职业和生活环境不说，若能和我的表姐一样，已经做足了稳定下来的准备，顺利、自然地走进婚姻，挺好的。若不能，就不用急急地找个人领证结婚，而后再去折腾，那个代价会不小。

每个人都想生活得稳定、平和，但是每个人的性情和生活状态各有不同，所以别让舆论弄乱了自己的阵脚，影响了自己对感情的判断，打乱了自己人生的节奏。结婚的时机是不是成熟了，只有你的感受是最真实的。无论是婚前还是婚后，你的日子必须由你来过，谁也替代不了。

- E N D -

4

NO.

爱你的人
不会
只想着远方

/

手机铃声响起，我一看来电显示上那陌生的归属地，就知道是苏素；一看是固定电话，就知道她又不名一文，连手机也欠费了。

我叹口气，按下接听键："需要多少钱？"也不忘记警告她，"这次真的是最后一次了。"

这是一个晴朗的上午，同学们要么在操场活动，要么在教室或者图书馆学习，要么在寝室休息，连校园的林荫道上夹着书本走着的情侣，也透着青春该有的样子。这里只少了苏素。

我跑去 ATM 机给苏素打钱，账号倒是她本人的，不过我估计这些钱很快就会被取出来交到那小子手里了。可是我又不能见死不救，不然真的看着她流落他乡吗？

这事儿我也有份。当初好好在宿舍待着不好吗？干吗好死不死的，在圣诞节的晚上和她一起去看演出？

现如今，除了清明节，大小节日都被过成了情人节，圣诞节更是秀恩爱的重灾日。圣诞节前夕，我和苏素正无聊时，手机上突然跳出来一条广告："茶叶盒乐队演出来袭，回复此短信，即可报名免费观看演出！"

茶叶盒乐队是我很喜欢的一个新晋乐队，曲风说摇滚不摇滚，说民谣不民谣，反正那种半软不硬的状态很合我意。在我的"安利"下，苏素也喜欢上了这个乐队，于是看到那条短信，我俩当时就兴奋了起来。

"之前没听说茶叶盒乐队要来啊！真是一个大大的惊喜！"

"何况演出地点离学校这么近，坐几站公交车就到了。"

"比起那些吃喝玩乐的破财节目，我们去看免费演出，这样既节约又陶冶情操的举动真是太完美了。"

我俩用言语互相鼓励了一番，嗯，圣诞之夜的内容，就这么愉快地决定了。

当时的我绝没想到事后会如此后悔，如果上天再给我一次机会的话，我宁可和苏素宅死在宿舍，宁可接受别人对"单身狗"的抨击。

茶叶盒乐队演出之前，一个叫锡罐的乐队暖场，暖了一首又一首，毫无下去的意思。观众们等了很久，反复追问后才得到回复：茶叶盒乐队因故来不了啦！

这不是欺骗我们感情吗！可是举办方说了，你们一杯饮料都不点，坐在这里暖暖和和地看演出，再挑三拣四就太过分了。

于是我们只好蔫蔫地继续看下去，奉行的是国人都奉行过的神一般的语句：来都来了。

结果发现，锡罐乐队唱得还行。主唱元熙半长的头发夹在耳后，高鼻细目，唱歌时眼睛微眯起来的样子看起来还有几分帅气。我正要跟苏素分享这一发现，一扭头，看见苏素满脸含春，眼睛里所有的光芒都聚焦在元熙一个人身上。以我对苏素的了解，事情不妙了。

回到学校之后，苏素不再和我一同进出，她经常神神秘秘地消失一会儿，再满脸兴奋地出现，在我的一再追问下，她终于含羞告诉我："我恋爱了。

"那个人你见过。

"对，就是元熙。"

////

苏素开始朝着"温良恭俭让"的方向迈进。她先是用课余打工赚的钱买了一个星巴克的杯子，说是元熙嗓子比较脆弱，手边要时刻备着温度适宜的胖大海泡的茶水。

然后她又冒着被宿管大妈发现的危险，买了一个小小的电磁炉用锅，专门用来为元熙煲汤。

那个和我一起追剧、一起说老师坏话、一起去篮球场花痴校草的苏素不见了。

她的朋友圈是元熙握着她手的修长手指的特写，是元熙微微偏着头弹吉他的侧影，是以元熙在台上演出为背景的满脸幸福的自拍。她的微博内容全部是赞叹元熙多么温柔，多么好看，多么有才华。

她如此幸福，也乐于让我们大家都感受到她的幸福。

她甚至从来没有在微博上公开自己男朋友的信息，仅仅因为元熙说那样的话会流失一部分粉丝。

直到有一天，演出结束后，一个女孩自然地迎着元熙走上去，亲了他一下。

苏素一下子蒙了，她准备好的幸福的笑容凝固在脸上，她等着元熙的解释，元熙却只是淡淡地说了一句："我的一个粉丝。"

渐渐地，苏素发现，元熙不止这一个粉丝。再问元熙，他不耐烦了："你见过哪个歌手身边只有一个女朋友？我需要灵感。"

我听到这话，不由得翻白眼，元熙他也算歌手？一个要从女朋友那里找灵感的人，算什么歌手？

/////

苏素陷入了焦虑之中，她的恋情越来越像一摊烂泥，待在里面乌七八糟地难受，出来还费劲。正在这时，元熙"从高峰跌到了谷底"——这，反倒成了二人和好的契机。

这是元熙自己的话。在我看来，他是一个没多少人认识的小乐队主唱，什么时候也没待在高峰过。而所谓跌到了谷底的意思，不过是在这个城市里仍然没有人邀请他去唱歌——除非免费。

元熙颓废地抽着烟，说着"也许这是命运的选择，召唤着我去远方"这样的矫情话，苏素再次被他的神情迷得五迷三道，决心要做一个为爱情付出的女性，跟着元熙远赴他乡。

我惊声尖叫："你不上学啦？！"

苏素的眼神已经飘到了不知名的远方："我愿意为他付出所有。"气得我恨不得一巴掌抽醒她，可惜我不是她妈，不但如此，估计今后还得帮忙在她妈面前帮她打掩护。

我决定骂醒她："元熙根本不爱你，他需要的仅仅是一个能为他无条件付出的人！你对他嘘寒问暖，给他买这买那，他都给你买过什么？"

苏素不屑地看着我："你怎么这么俗，爱情就是买东西吗？"

我被她噎得差点说不出话："那他怎么证明他爱你？"

苏素脸上布满了神圣的光辉："他愿意抛开那些围在身边的女孩，愿意让我陪他走。"

"是根本没人陪他一起走吧。我看他就是假文艺！没有才子的命，还得了才子的病！"

"我不许你这么说他，"苏素生气地对我说，"你说我什么都可以，要再这么说他，别怪我们连朋友都没得做。"

//////

苏素充满希冀地跟着元熙去流浪。而远方等待她的自然不是蓝天和微风，不是在别处的浪漫，不是蓝莲花的梦幻；而是深夜流落街头却没有住处的惆怅，是帮元熙跑一家又一家酒吧但被拒绝的无奈，是两个人只能共吃一块烧饼的局促。

于是苏素开始向我借钱。作为好朋友的我当然不愿意纵容她，可是如果你的朋友连五十块钱都要向你借，你还忍心说什么吗？还忍心指责吗？

"苏素，老师下了最后通牒，你再不来上课，就别想毕业了。"我们学校虽然是不入流的三流大学，纪律宽松，可也是有限度的。

又是一个陌生的号码打来的电话，这次苏素不是借钱，而是拜托我买一张返回学校所在的城市的票。我开心得简直像中了奖，马上打开电脑为苏素购票。

几天后，瘦了一圈的苏素出现在我面前，身旁没有其他人。

"苏素，你怎么想通的？我怎么劝你都没用。"我看着在我面前不顾形象地狼吞虎咽大盘鸡的苏素，小心翼翼地问。

"累了。"苏素面无表情，狠狠地咀嚼，"当我跟着他到了又一个城市的时候，又一次被拒绝，他背起吉他要去下一个地方，自然地等着我收拾东西跟他走。那一刻我感觉永无止境，像是进入了一个死循环。"

"于是幡然醒悟？"

"算是吧。"苏素笑，"突然觉得，我虽费尽力气，他依然没有把我纳入他的生活。"

我叹气，将一大块又香又辣的鸡腿肉夹进她碗里。

你早该意识到的，如果他真的爱你，脑子里怎么会没有你，只幻想着一个又一个远方？

- *E N D* -

乐观的人控大叔，
悲观的人控正太

这句话是明月说的，它显然是一句玩笑话，但是玩笑话往往有最认真的寓意，这是现代人乐意玩的文字游戏，所以免不了让人想到明月自己的爱情经历。

当年《甄嬛传》轮番在各大卫视的荧屏闪现，皇帝年纪已经不轻，却被各位佳丽追逐，还被不止一个女人真心爱着。明月说："你以为她们仅仅是冲着权力来的吗？因为向往权力而付出真爱，男人可能还行，女人断难做到。"

如果不是为了权力，那是为什么？

明月的历任恋爱对象都大她不少，说到"控大叔"，明月有经验。

A男和明月一个属相，却大她一轮。第一次见面，明月被A男神乎其神的预见性折服。当时一群人聚餐，明月相貌不俗，众男士纷纷展现自己的口才、钱包、学识，只有A男展现了自己的宽厚。

众人吃饭，聊天兴起，忘了临时停放在路边的车，阻碍了别人开车的路，别人来理论，几句话没说好，双方气都上来了。此时A男站了出来，嘴角带笑，慢慢悠悠，瞬间消解了对方的怒气，几句话就化干戈为玉帛，明月不由得就对他生出了喜欢的心。

至于 A 男的另一项能力——预见性的展现，那就是后来的事了。

不知不觉中，明月会向对方倾吐工作中、生活里遇到的难题，A 男支的招能帮她一一化解。连她和妈妈长期的龃龉，A 男也处理得云淡风轻——那可是她和妈妈分开了很久都消解不了的，在她们母女之间，距离不但没有产生美，反而加重了日复一日的不良回忆。

A 男恳切地建议她说，回到家里住一段时间吧。明月听从，在辞掉旧工作又没有去新公司上班的间隙，回到妈妈身边，踏踏实实地生活了一段时间。她做饭，拖地板，走亲访友，在爸妈聊起家务的时候学着出谋划策。从前的想法慢慢变了，她体会到了操持一个家多么不容易，在家里住久了，也越来越有感情，临别的时候，强忍住惜别的心，她甚至后悔当初没有在家门口工作，可以多陪陪日渐老去的父母。一方变得柔软了，妈妈那边也不好意思强硬，于是两个人竟不知不觉地和解了，这是明月的意外收获，令她开心无比。如果不是 A 男，她和妈妈不知道还要浪费多久彼此的亲情。

对 A 男来说，这却是他早就知道会发生的结果。

他知道明月对妈妈的憎恶很大成分上是因为青春期的叛逆和自我，还接受不了人人都是普通人的事实，又被电视里、报刊上的宣传误导，觉得父母就是要无条件地、主动地为孩子付出一切、承受一切。于是对脾气不那么好的妈妈，就无法容忍。

凭借 A 男的阅历，随随便便就能让明月感受到魅力和惊喜，明月说，与 A 男在一起，她觉得前方一片坦途，对未来再无畏惧。

明月本来骨子里就是一个乐观的人，所以愿意接受 A 男的指引，奔向光明的未来。

正太控为什么悲观？明月说，正太控们不想面对远方，更不想面对远方尽头的死亡，于是以回望的姿态站在爱情的路上——比如章清清。

章清清比明月大几岁，她身边男友不断。可是，随着她年龄的增长，她和男友的年龄差距越来越大。台湾有位女艺人叫罗霈颖，说最佳男友的年龄在二十五岁，因为这样的男友，走出校门数年，人依然年轻，却不至于没有经济能力甚至全靠女生贴补。

章清清的想法和罗霈颖完全一致。

她的男友永远二十五岁。

她厌倦生活，谈起生离与死别就惊恐万分。她总开怀大笑、妙语连珠，可细心的人能发现，这些都只是浮于表面，她有一个灰色的内核。

B 男二十五岁，周身缭绕着蓬勃的朝气，阳光、青春、健康——这些词统统可以用在他身上。在朋友的老公开始为啤酒肚和秃顶烦恼时，B 男却能轻松保持腹肌与人鱼线。周遭的人已忘记了青春是怎样的闪光，B 男却能用一个又一个新鲜的想法逗得章清清开心无比。所以，她爱他。

她爱大叔，她控正太。

相爱的一对，有时候是你渡他，有时候是他渡你，然而到了最后，爱情总归是一种平衡，彼此从对方身上汲取能量，这种平衡，和年龄、金钱等外在的东西关系不大。

不平衡的爱情像不一般长的拐杖，走起来累得很。

聪明的读者，你猜对了，故事就是这样狗血，A 男是 B 男的父亲，明月与章清清也友好地生活在了一起。皆大欢喜的是，大家都有了新的亲人。

- E N D -

谁不想
一路所遇
尽是温柔?

/

"有些人的命哪，就是那么好。"蔷薇感叹着，摩挲着凡子新租的工作室舒服的沙发，又斜倚在飘窗厚软的靠垫上，把一杯香浓的红茶送到嘴边。

之前的许多年，凡子都与蔷薇她们一同做着一份半死不活的工作，古人有智慧，称这种情况是"食之无味，弃之可惜"。她们都是年轻生动的女子，家里不需要她们撑着，晃晃荡荡上个班，虽然位低权轻，但是责任也小呀，多少人羡慕不来呢。她们的日子，比上不足，比下有余。虽然在这大家都不讲究效率的地方，总会遇到龃龉，但是抱怨归抱怨，真要拂袖而去说句"老娘不干了"，也没有谁能狠下心来。

于是就这么晃荡着，一边感慨浪费了老天给的玲珑心、父母养的智慧脑；一边用护养得当的双手迅速在键盘上噼里啪啦一通，赶快洗一盘进口的车厘子补一补——当然是打折时候买的。这些人，收入的涨幅都跟不上品位的提升速度。

往往在一年伊始的时候，也曾经暗地里咬牙列下了计划，可是马上被生活之琐碎淹没，自怜地跟自己说一声"何必呢"，反正时光如梭，谁也拦不住，这都是命呀。

不时看到资历、天分尚不如自己的人，却活得风生水起，不免几分嫉妒地想："若是我怎样怎样，哪轮到她如何如何。"可是，嫉妒是最虚弱的。

正在这时，听到凡子被挖走的消息——哇！天天看网上说高端写字楼里的人年薪几十上百万，没想到自己身边就出现了这么一位，之前可是每天中午和自己一起叫外餐的。她怎么就那么幸运？

//

回头想想，凡子的运气好像总是那么好。

看不出凡子有多精明，一板一眼地干活儿，私下里也没有和领导走得太近，领导对她却很放心，好多事情都交给她做，好多人都交给她去联系。活儿干得多了，奖金自然就多，然后就有机会负责更多的工作、更大的片区，对谈更重要的人……

看不出凡子有太大野心，也看不出有驾驭什么的欲望，她面上一派举重若轻，每件事情细细做来，每个人认真对待。你知道现在的人潜意识里是有多懒哪！恨不得对方能解决所有问题，自己只负责提问就行了。凡子却设身处地、将心比心，所以，不知不觉地，凡子就被依赖上了，就不可或缺了。

这个时候就已经有人试探着要来挖墙脚，凡子聊了一聊，礼貌回绝了，想是价格没有谈妥吧。这样的事情自然是瞒不住的，本单位的领导不知道被触动了哪根神经，要给凡子升职。她依然礼貌拒绝，搞得想竞争这同一职位的对手对她感激涕零。

那时候可真是想不到，她向往的是更为自由和广阔的世界。

除了挖墙脚的，还有许多示好的——别误会，并不仅仅是追求凡子，好多人是真诚地夸赞凡子，真诚地想为凡子做人生助攻。你说，她的人缘怎么那么好呢？

当然，首先，我们得承认，她是一个"有用"的人。生活即是如此，谁会愿意和一个不能给自己带来任何东西的人在一起呢？他（她）既无法给你带来精神的愉悦，也不能给你的人生提供滋养，扪心自问，你愿意伴他（她）左右吗？

///

回溯过往，会发现，凡子的人缘一直挺好的。

犹记得，手机支付还没普及时，一个中午，凡子请大家一起去街角的一家米线馆吃米线，末了，凡子发现自己没带钱包。我们因为是被请客方，也都拎着手机就出门了，当时真尴尬呀。凡子声音柔柔地惊讶了一下，就去和老板娘说明情况，说可以把自己手机押在这里，隔天来付账。老板娘慷慨地说不用，转天把钱送过来就行了。

她为什么就那么值得人信任呢？凡子的长相和雷锋还是有很大差别的呀。也许是真诚？自然流露出的真诚？还有温柔？真诚流露出的温柔？

同样的话，有些人说出来没用，有些人说出来就管用；有些人说出来让人觉得不舒服，有些人说出来就让人觉得舒服。凡子就是那个说出来就管用的人，就是那个说出来让人觉得舒服的人。

所以，她遇到的麻烦总是比别人少。简直可以说，她自带屏蔽霉运的光芒，坏事都绕着她走，连"水逆"也没有过。

你喜不喜欢一个既温柔又好运的人？反正我喜欢。

也遇到过诋毁凡子的人，是一个女生。那个女生像发现了真相似的，说凡子其实是"绿茶婊"。好难听的词啊，凡子却像没听见一样。她再见到那个女生时，不会更热情，也不会更冷淡。据我所知，她连一个白眼都没翻过，就像从来不知道这件事情一样，一分力气也不浪费。倒是那个女生，一直不知道凡子会怎么对付她，忐忑了很久，忐忑得妆化得都不好看了，我看着都累。

对于这件事情，我不得不说一句佩服，这哪里是温柔，这是绕指柔。

////

所以自然也会有男生喜欢她呀。

遇到不喜欢的，凡子也没表现出什么激烈的情绪，依旧客气礼貌地笑："谢谢你的欣赏。"遇到喜欢的……都是女生，你们都懂的。

于是各种美好。

喏，搬进新的工作室时，那个忙前忙后的高高大大的男生，就是她的男友了。这个工作室是业内一家"大鳄"投资的，在此之前，"大鳄"没有将触角伸到我们这个城市。怪不得之前有人挖墙脚，凡子不动心呢，凡子啊凡子，前途无量啊！

她听了我们的揶揄，开心一笑，说"哪有那么完美的事情"，然后把切好的水果端给我们。

谁都想幸运常驻，被老天眷顾，一路所遇尽是温柔。一些人就像被幸运之神亲吻过额头，另外一些人就像被狗屎缠住了身，真不公平啊。

想遇到温柔，首先得自己变得温柔吧。

想想凡子，再想想我自己，隐约听见老天说："你老是对我板着一张要死不活的脸，还指望我对你有好颜色吗？你也太任性啦，少年！"

- E N D -

所有的努力，
都是为前方

GOOD GIRL
COMES WITH
LIGHT

既然无法超过
那个白富美，
我为什么还要
不停努力？

/

每个人身边都有那么一个女孩，她美得特别不经意，衣服和鞋子仿佛都是随便穿穿，却件件如天衣一般，既出彩又妥当，那当然是衣服质量高、自己又懂审美的结果。

我们攒足了钱才能去外面的世界开眼，人家从上海飞纽约是稀松平常的事，去另外一个城市过周末容易得就像我周末去市中心逛街。我们好不容易有了时间和精力，有了闲钱来投资自己，提升自己，可什么弹钢琴、拉小提琴在人家童年时候就成为娱乐项目了，而一口发音标准的英语说得比我的家乡话还好这件事更是气死人。

衬衫干净点，有点学识加上幽默就是我眼里的男神了，每天碰了面就脸红，为怎么才能引起他的注意伤透了脑筋。她呢，娉娉婷婷挽着一个长腿"欧巴"，那厮穿得跟韩剧男主角似的。二人从我等身边走过，都极养眼，不禁令人托腮静思：人和人的差距究竟有多大？我和她同在一个星球是不是已经占便宜了？

如果想达到她现在的状态，我每日都勤勉上进的话，来来来，让我掐指算一下：直到离开这个世界，估计也没法超越她吧……

也就是说，穷其一生，我十有八九也没办法变成一个白富美，无法成为一个"成功人士"。那么，我为什么还要不停努力？

//

我的朋友孟今曾经为此疑惑过，我觉得她有资格为此疑惑。

她从小就成绩优异，次次考试都是前三名，已经很棒了是吧，她却毫不懈怠，也许正因为站得高，所以才会看到世界是多么大，从而会觉得自己还远远不够吧。

孟今可不是个大脑发达、四肢简单的人，她中学起就一直练习长跑，她身材苗条、精力旺盛，她很会打理自己。要知道，那个时候因为担心缺乏营养，我们大多被爸妈喂食得圆滚滚的，好不容易挤出来的业余时间也不会去运动，而是看看小说、打打游戏什么的。

她进大学时的成绩不错，可是排在她前面的人比中学的时候多得多。她自己身兼学习与运动已经算是出色了，同学里还有同时在几个领域都很杰出的。

孟今一直以为自己算是中人之姿，家庭条件也过得去，可现在发现很多同学又好看又有钱，而且是天生如此，到哪说理去？

到了毕业找工作时，孟今凭借自己不错的专业成绩，还有好不容易拿到的优秀的实习成果，经过初试和复试，过五关斩六将，被一家大企业录取了，孟今终于松了一口气。在和同学们庆祝的饭局上得知，同系的欧小娜也被这家大企业录取了，仅仅是欧小娜爸爸和自己的老朋友打了个招呼。

孟今半开玩笑地大喊："不公平啊！"不公平吗？欧小娜拿到的那个职位要处理的日常工作本就不难，不需要太艰深的专业知识，欧小娜并不是不能胜任啊，这家大企业的人事部门并没有渎职啊。

看，你读大学是为了找工作，有的人读大学仅仅就是为了读大学，从这个方面来说，人家比你的目的更单纯呢。

可是，欧小娜一事出现后，孟今像是被生活教育了一把，很沮丧。于是我问她："你对现在的自己满意吗？"她想了想，点点头。

"如果要点评的话，你会觉得自己还不错吧！"

孟今给了我一个肯定的回答。

这就足够了啊，比起你的人生起点，你已经做得很好了，我们每个人真正要超越的是自己，最可怕的就是蹉跎了自己啊！出生时站在平原甚至洼地，多年以后可以站在一座不知名的小山的山峰上看风景。你努力耕耘，然后收获了，这样的快乐是谁也夺不走的吧？你会因为有五岳的存在而不爱自己的小山吗？

///

细心的你留意到，我说孟今有资格为此疑惑，是因为，和孟今比起来，很多人对待自己的人生敷衍而潦草，结果无情地浪费掉了自己。若实在是被现实所囿也就罢了，明明有冲破的可能，却因为"反正我永远也超过不了别人啊"这种烂借口早早放弃，实在是对人生的不负责。

不仅仅是孟今，天还没有亮就运了蔬菜到菜市场出售的商人，准点到达然后利落干活儿的钟点工，认真点数然后风雨无阻地搬运的工人都让人油然而生敬意。慢慢地攒钱，慢慢地，比最开始的时候富裕、阔绰，这份努力不是为了有一天超过王思聪，是为了给自己、家人一个交代。

你可以说他们是不得不如此，是"生活所迫"。的确，人生的责任是无法放弃的，既然无法放弃，不如迎头赶上，可能反而来得轻松些。

所以，既然无法超过那些白富美，我为什么还要不停努力？因为不努力的话，日子会变得更艰难啊，笨蛋！

////

很久以前，网上流传一篇文章，题目是"我奋斗了十八年才和你坐在一起喝咖啡"，讲述了一个起点不高的人，在经过一系列奋斗之后，才有机会和"天生命好"的人坐在一张桌子前喝咖啡。这篇文章里的观点无疑道出了许多人的人生经历，说中了许多人的心声。不过也有一个副作用，就是让那些"没有资格像孟今一样疑惑的人"有了"名正言顺"的放弃的理由：反正我今天这么差劲，就是因为老天不公嘛！

可是老天并没有承诺过给全体地球人同一条起跑线，再给大家一样的体魄和风向，外加听见枪响就起跑的一致的反应力。

老天就是要让芸芸众生千差万别，有的一出生就有金钥匙，有的穷尽一生只拿到一把还没还完贷款的不锈钢钥匙。

要因此放弃吗？

当然不。

所谓"命运是公正的"，仅仅是相对你自己的人生里程而言。你的目的不是为了超过哪个白富美，你的目标从来不是别人，而是努力之后实现的那个更好的自己。

在前行的道路上，你知道他（她）就在那里。

- *E N D* -

2
NO.

你凭什么
和世间
美好相遇呢？

/

去年，有一本铁道文化方向的人文旅行书出版，因为题材鲜明，而且同类的图书较少，所以掀起了波澜，不少媒体进行了报道。我有一天比较闲，点开其中的一个报道去看，然后被大家的评论惊到了。

有一些人抨击报道的导向和作者的趣味，抨击的依据是，国内的火车乘坐体验太差劲了，尤其是绿皮火车，不明白这么有影响力的媒体报道这本书是什么意思，而作者写这本书又有什么意义。

抨击的人认为，作者收获的许多不为人知的风景当然让人羡慕，走万里路的人生经验也令人向往，可是为什么要赞美那又旧又慢的绿皮火车呢？

从某方面来说，有一定道理。可是，作者正是乘坐这种往返于小县城和小镇子之间的慢吞吞的绿皮火车，才遇见了不为人知的风景啊；正是去探寻已经被淘汰或者将要被淘汰的各类小火车，才收获了与众不同的人生体验啊。既想分享那一份火车情怀，接受铁道文化的浸染，又嫌乘坐火车太辛苦，这样才奇怪吧。

我突然想到，是不是有许多都是这样，想登高望远，又嫌身体劳累；想畅行无阻，又不愿苦练技艺呢？

//

在高考之前，我也曾经是这样。

我梦想着一所所好大学，只要看见关于那几所学校的报道，我都心跳加速，可我的成绩只是中等。以我当时的年龄和爱幻想的性格，坚定不移地相信美好的事情都是真实存在的，比如：考上好大学，遇见大帅男，迎娶大帅男，跳到大公司……走上人生巅峰！啊哈哈，想一想还真有点小激动呢。

感谢我那所疯狂的学校，在高二的时候就进行了模拟高考，一切都做得很逼真，我的被录取结果也很逼真——和梦想的高校的分数差了好几个台阶。然后，我的悲伤之情也很逼真。

于是我知道了，这世界上从不缺少美好的事物，可是要遇到它，是要做好准备的，这准备就是，以那美好的事物为目标的不断地付出。

至于你是不是享受那付出，则是另外一件事。

大学里果然有大帅男，可是当时的我性格很烂，身高和体重的数字相同，还不想改变。

因为去健身房太贵，绕着操场跑步太累。

想想都知道，大帅男连我叫什么名字都不知道。

同宿舍的女孩渐渐都有了男朋友，我急了，报了国标舞社团。为什么？因为觉得这样有可能会变美啊！

结果被老师虐惨了。

先是背上的肉阻碍我做动作——它总是卡在那里，后是要求的速度太快，我不服啊，这有必要吗？在那个阶段，我对舞蹈的理解仅仅是：和我妈饭后遛弯区别大吗？

所以我总是被老师点名。

我当时性格烂啊，直接问老师："我就是业余来学学，用得着这么认真吗？"

老师心平气和地回答："不管你是专业的还是业余的，你来是学国标舞的，还是来听着音乐消食的？"

我："……"

多年以后，我客串国标舞老师的时候，遇见"国标舞难学吗？""我就想学一支舞到下个月的公司年会上跳一跳，对了我零基础"之类的问题，都会认真地告诉对方，要掌握任何技能都不容易，越想跳得美，就越不容易。

///

都说我的叔叔小时候很聪明，但是遇见的倒霉事太多，这辈子活得窝囊。

可是在我看来，他不算聪明，反倒刚愎自用，目中无人，不愿控制自己的情绪，摔了跟头从不反省。

用了这么多贬义词形容他，我实在是和其他亲戚一样，对他浪费自己太愤懑了……

他年轻时候挺帅的，家庭条件也不错，喜欢他的女孩不少。他很快交了女朋友，又很快就分了。然后再交女朋友，再分手。原因很简单，在人家女孩面前，他从来都想做什么就做什么，想骂就骂，想走就走。

到现在我还记得，有一个差点就成为我婶婶的女孩，漂亮大方，文化水平高，就是受不了他这一点，后来还是和他分手了。

就这么着，叔叔年岁渐高，奶奶急得不行，但是到了这会儿，有女孩肯包容他就不错了，哪还敢有什么要求？于是叔叔草草成家，开始过磕磕绊绊的日子，婚后的日子当然郁闷。

工作也是如此，他想一劳永逸，不愿深入，无论设定了什么目标，"打一枪"就跑。其实，他运气不算差，年纪轻轻就已经是单位的二把手了，但是一把手一直轮不上他当，他在工作中做事急躁、经常发脾气，于是二把手的位置也很快丢掉了。

人生多短暂啊，哪经得住这么多折腾呢？叔叔有头脑，目标定得都很准确，但是不愿为此委屈自己，到最后，反倒更委屈，只能一声叹息。

////

最后给大家举一个小例子吧。有段时间我在忙装修，大家都知道装修是件麻烦而又不得不慎重的事情，我有一个好朋友也在忙装修，他品位高、眼光好，期待能装修得有情调一些。我们一起讨论应该如何装修。

请成熟的大公司，可以放心些，但是价格不菲。

请装修队，价格低，但是事事都要盯着，要做整体的谋划。

总之，要么费钱，要么费心。

好朋友懒懒道："我两样都不想……"

这还想要效果好？

当然这只是说笑。人生一路，风景美好，不走出一身的汗来，哪能遇到曼妙景致？

我们向往的东西多么多啊，可是需要不时地问一下自己，凭什么能和世间美好相遇呢？

- E N D -

那些
胖女孩
教我的事

　　看喜剧选秀节目《笑傲江湖》，有一个体重将近两百斤的女孩和她的帅丈夫一起登台表演，二人配合默契，言谈举止间里满含恩爱。我和朋友看得都惊呆了，天哪，为什么她都有老公，我体重九十九斤，不长斑、不长痘，还是"单身狗"？八卦的评委估计和我有同样的心理，问起二人的相爱经过，女孩落落大方，言辞幽默，男孩不卑不亢，引以为豪。于是我和朋友感慨，胖不是自暴自弃的借口，如果别人都不喜欢你，至少不仅仅是因为胖吧。

　　橙橙大腿粗壮，腰肢也不纤细，身高一定不足一米六。我刚学国标拉丁舞的时候，也俗气地想，这就是本区最有名的老师吗？在颜控十分严重的舞蹈界，她能坐上这家国标舞中心的首席教师的位置，也太匪夷所思了！

　　交了钱就只好学下去，后来我发现橙橙的胖竟然全是优势：比如她双脚不瘦，所以脚背更容易绷得高高的；比如她骨架偏大，舞姿竟然更具立体感，动作不够立体可一直是我们东方女孩的劣势啊；比如她双腿不细，对地板的挤压就比别人都到位，惹得前辈连连赞叹道"这才叫有power！"；她身材不是颀长型的，反而显得每一个动作就很紧凑，绝对不会出现旋转时摇摇晃晃，或者双腿间有缝隙这样的情况。

而且她教得好啊，她说是因为自己在练习的过程中受到的挑战比别人多，所以经验和教训都很丰富，指导起学生来，一套套的全是干货，学生听了进步飞速。和我一样一开始心存疑虑的学生，学到后来，心里只剩下一个大写的"服"字。

某知名公关公司据说对简历最重要的要求是无 PS 免冠素颜照，比身份证照片还严格，而且要正面、侧面、全身照各一张，照片过关了才考虑学历、口才什么的。之所以这么变态，乃是因为这家知名公关公司认为，这个世界，首先是看脸的。

在这家公司工作的大橘子却是神奇的一位，她白白胖胖，在一群穿着 S 码套装、一个比一个清瘦的女同事中间穿梭，却终日笑嘻嘻的，看不出任何自卑的迹象。你是不是以为她有靠山才能来这里工作？不是这样！她可是这家公关公司高薪挖来的。

大橘子虽胖，但对衣着和容颜丝毫不松懈，把一头如瀑的黑发打理得光亮整齐，妆容细致好看，每天的高跟鞋不低于五厘米，合体的衣服很少艳色，但都是高档货。因为胖，在接洽客户的时候，她那张笑脸反而显得更有亲和力。"大橘子"这个称号就是因为她是大码美女，甜而不腻，如一个橘子。

公关公司有一个大客户最愿意让大橘子接待，因为觉得和她在一起"很松弛"，轻松闲聊中，就把问题给解决了，而且不会出现诸如"那个女孩是靠工作能力之外的东西搞定客户的"这样恼人的绯闻。

连国标舞者、公关公司职员都能理直气壮地胖着又美着，其他人还有什么理由以胖为借口邋里邋遢、自暴自弃呢？

这些胖女孩也节食、运动，过有节制的生活。橙橙虽然不瘦，但是长期的锻炼让她的身体线条紧实，躯体里充满蓬勃的力量；大橘子减肥就没有成功过，但是她肤色均匀，皮肤细致，总能拾掇得很符合自己的气质。

她们教会我的是，既然成不了大家都想成为的那类人，不妨接受自己，不妨成为更美的、更积极的自己。如果被一个"胖"字掩盖住了自己所有的优点，那人生也太可笑了。

我要去参加一个朋友的婚礼——一个清清爽爽的理科男，他挨个打电话通知我们他要结婚了，在电话里欢呼"我终于娶到她了"——他的太太比他矮十厘米，和他一样重，却是他见过的最阳光灿烂的女孩。

"我太太不胖啊！是我太瘦了，"他哀叹，"我在形象上拖累了她。"得，他的审美观已经被他太太重塑了。

的确，连低于一百二十斤的体重也叫胖的话，你叫大橘子情何以堪！

胖永远不是自己没有获得成功与幸福的借口，只有没有别的优点的人，才每天都心心念念地纠结自己的体重吧！

- E N D -

4

NO.

傻姑娘，
别人都在
你看不见的地方努力呢

/

茵茵有一个群，用电脑的时候在电脑上开着，不用电脑的时候在手机里开着，还开了提示音，随时可以收取他们的动态。群里有一帮臭味相投的朋友，插科打诨，妙语连珠，茵茵在遇到不爽的事情的时候就跑进群里宣泄一通，吐吐槽甚至骂骂脏话，心情就会好很多。

就像那首歌里唱的那样：生活有太多不如意。一个人每天都要接触形形色色的人和难以预计的事，总会感到憋屈。在憋屈的时候有可以宣泄的地方，茵茵觉得自己很幸福。

时光荏苒，茵茵和群里的朋友们越来越熟悉，简直成了无话不谈的好朋友。她在群里的活跃度很高，只要有对话，就有她的身影。群里的朋友们分享一些好吃的、好玩的，她也会积极响应，一一尝试，这帮朋友倒是靠谱——不然她茵茵也不会这么信赖他们啊——推荐的东西都还挺合茵茵的口味。

相比现实生活里的父母，有了心事她更愿意跟这群朋友说。为什么？

这还用说，父母的反应不是苦口婆心，就是批评抱怨，让人不舒服呗。

这么着不知不觉竟过了好几年，茵茵仍然在原地踏步，朋友们呢？

大家会不时地提及自己的近况，被猎头挖走啦，换大房子啦，用年终奖请父母欧洲游啦，听起来都在扎实稳定地向前，茵茵自然为大家高兴，可是也不免会有些失落。为什么他们和自己一样吐槽，却也没耽误变得更好？感觉自己的生活和他们的也没太大差别，怎么就没什么变化呢？

茵茵啊，这当然是因为，别人在你看不见的地方努力了啊，你们又不是 24 小时都待在一起，你怎么知道大家是怎么度过每分每秒的呢？

别人是在工作累了，或者重要的事情做完了之后才来和大家聊天，要么就是遇到了不开心的事情，上线对大家倾诉一下。你呢？几乎 24 小时在线，把娱乐当成主业，还能有什么收获啊？

//

念书的时候，大家都讨厌那种考试前夕说"哎呀，我一点也没复习"，结果成绩比谁都好的同学，因为觉得这样的同学太虚伪。

渐渐长大，交往的朋友不会再那么幼稚了，就像茵茵这个群里的朋友，别人并不是故意要隐瞒什么，但是不可能把每天做的事都事无巨细地向大家报备嘛，那样也太神经啦。

还有一类人，你感觉自己做的事情和他们差不多，可是他们效率高得很，一段时间下来，成果是你的两倍，甚至更多。

你不得不感慨，有的人就是比你懂得利用时间。

生活在一个科技发达的时代真是幸福啊，网络突破了空间的限制，让人随时随地可以处理事情。

雪丸子所在的单位每到年底都会举办年会。快到新年的时候，雪丸子和几个同事又被抽调去排练节目，因为公司要相应集团号召，要拿出出色的节目来。每年的年会节目，集团都会进行评比，还是很重要的。为此，公司特意为这几个排练节目的员工减少了工作量，以免大家有工作任务的压力。

节目表演完了，同事们发现，雪丸子的工作量丝毫没有减少，几件事情都很好地处理了，上司对她大加赞赏。她是怎么做到的呢？

很简单，就是通过一部你有我有大家有的智能手机。

收发邮件，微信讨论，拍照传输……同样在玩转智能手机，却只有雪丸子一边排练（还帮大家拍了排练时候的照片和视频），一边没有疏于工作。那段时间，雪丸子依然和客户依然保持着热情的联络。

大家都在准备节目，雪丸子却在别人看不见的地方努力。

///

像雪丸子这样会利用碎片化的时间做事情的人还有很多。

我有一个朋友，除了上班族，他的另一个身份是一个小小的网红。公司规定，上班时间是不允许登录微博，他也不在意，上班时候就好好工作，主要在上下班的公交车上更新微博和个人公众号。投入的上班时间为他积累了更多的"段子"可发，更重要的是，上下班高峰期的时间段也往往是大家刷微博最多的时候，所以，一举两得。

利用碎片化时间成了他的习惯，所以做到了其他忙碌的上班族做不到的事情。

我另一个朋友，在学校的时候就很爱阅读，工作了，阅读时间没那么充分，他就买了轻便的电子阅读设备随身携带。有的篇幅短小的文章，他在等人的时候都能看上一篇。他也不是资深的"阿宅"，朋友们约在一起喝酒、吃饭、看球，他都能到，看起来，我们玩乐的时候，他也在玩。但是他的阅读量比我们大多了，积累了一年半载下来，俨然是"腹有诗书气自华"的状态，让人徒增羡慕。

学会利用碎片化的时间，一旦形成了习惯，将会有了不得的效果。其实，这种利用不就是我们小时候学过的那篇课文《统筹方法》吗？别人就是在那些我们看不到的时候努力啊。

所以，别人并没有刻意隐瞒或欺骗我们，仅仅就因为，别人的努力我们没有看见，所以就以为大家都在混日子吧。

////

我之前加入过一个作者群，里面有一个大神，她经常在群里拿某个人或者某件事开玩笑——别误会，她不是刻薄的人，真的是幽默而已。她也经常拿自己开玩笑。

见她那样放松，其他作者也会不由自主地放松起来。可是，每隔一段时间，我们都会见到她发表的大作，那作品的长度和质量都让我们望尘莫及。

我们半开玩笑地质疑她是神人，她委屈地大叫："天哪，你们是在否定我的辛勤劳动啊，你们睡懒觉的时候我就已经起床了，你们出去吃饭的时候我在书房查资料哪。我只是在灵感卡壳的时候上线，跟你们逗一下，换换脑筋啊。"

她委屈得有道理。就因为她的幽默给我们留下了深刻的印象，而她又在我们看不到的地方努力，我们就放大了她留给我们的印象，傻乎乎地以为她每天都在贫嘴。

如果她在没有上线嬉笑打闹的时间，除了吃饭、睡觉、散步，都用来阅读和写作的话……天哪！"细思恐极"啊。

这样的事情很多。我认识一个游戏迷，他的队友是某公司高管，一开始他不相信，因为公司高管有那么多事务要处理，哪有时间打游戏呢？

因为我认识作者群里的大神，所以知道，那位高管一定只是工作之余打游戏来消遣一下，放松完毕就下线了。可是这位游戏迷是不分白天黑夜地蹲守在那里，游戏打累了还要睡大觉、追女生、看美剧、追新番……他当然不明白优秀的人是怎么安排日常的。

并不是拧着眉头、绷紧了唇角，做出了努力的样子才是努力，努力成了习惯，就会化为无形。真的，别傻了，别幻想大家都在敷衍地晃荡了，没有谁能随随便便成功，别人都在你看不见的地方努力哪！

- E N D -

永远别忘记，
抱抱你自己

GOOD GIRL
COMES WITH
LIGHT

请赐我与自己
和平共处的能力

/

这个世界上大部分人都是平庸的；并非除了建功立业，人生就无意义了。

先说明这两个前提，我们才能接着聊。

我第一次见到一个活生生的人在我面前自虐，受到的惊吓之大，现在也仍然记得。

薛之源，样貌普通，学业普通，家庭普通。这样的人在校园里有大把，虽说看起来没什么好骄傲的，可是也没什么好自卑的——生活，本就不必那样极端。

她以手捶墙，发出"咚咚"的闷响，鲜血一滴滴从她指缝里流出来，脸上带着深切的痛苦和自我厌弃，裙子随着身体的摆动如一团破布一样飘荡。

看得人太难受了，我赶紧上前把她从墙边拉开。

她拒绝去医院，连贴上一枚创可贴也拒绝，以手遮面，径直走掉。真怕她会轻生，还好，第二天她又出现了。

你猜，能让一个人这样恨自己，会是什么事情？

居然，仅仅是因为和男朋友打电话，几句话没说对，两个人都不大开心地挂掉了电话。她越想越生气，气男友不疼爱自己，不像别人的男朋友总是护着、让着女友，这么着，连着把许多不开心的旧事也想了起来；气自己不能说服男友，沟通失败，想想自己好像和身边的其他人沟通也不是很顺畅，这一切都很糟糕……

她这么多内心活动，男友一无所知，自然也就没有过来劝慰。

于是她只好拿自己发泄愤怒。

她无法接受一个不能顺利地处理事情的自己，生活中遇到麻烦，她首先想到的不是如何解决，而是动怒、自责、怨天尤人。这样当然于事无补，而且只会让麻烦更大。

薛之源原本是一个普普通通的女生，可以过普普通通的生活，有自己的小幸福和小烦恼，享受并准备应对生活的不确定，就和大多数人一样。然而几年之后我再见到她，发现她明显地苍老了，法令纹深陷，目光阴沉，与人交谈时毫无自信，甚至会下意识地缩着身子。

她不接受自己，自然就无法接受生活。

拜我们极其功利的舆论宣传所赐，大家从小就认为，不出类拔萃就是差劲的，平凡是应该抵制的。但是，不在金字塔的塔尖，就没有自己的一方天地了吗？这样认为的人，既不懂生活，而且数学差——生活是立方体，再加上排列组合、随机概率，出来的结果难以计数。

"泯然众人"没什么不好，地球上70亿人口，即使同一个家庭甚至双胞胎，也未见得过着如复制一般的生活。

所以，你原本就独一无二，不需要超越多少人，就已经独一无二了。

//

如何与自己和平相处，是不少人的难题。

不需要别人鄙视，他们就先瞧不起自己；不需要别人打击，他们就先否定了自己；不需要别人虎视眈眈，他们就先整日盯着自己的短处。

与自己和平相处的前提，是接受自己，接受不完美的自己。

我之前为学校做过一份工作，工作烦琐也有一定的挑战。同组的有两个学生是绿子和七决，做事的表现差别很大。

人无完人，工作中难免有一些疏漏，一旦遇到了这种疏漏，绿子会一再自责，恼自己干吗这么不小心，还会因此情绪低落。七决则不当一回事，有了疏漏，弥补就是了；被同组的人抱怨，开个玩笑就是了；而且团体合作，有些疏漏确实不能让某个人完全负责。

看起来，绿子善于反省，小心谨慎，假以时日，应该比七决做得好。可惜结果相反。

绿子担心出错，遇到事情就会战战兢兢，不敢上前，若事情做得不如人愿，她又会情绪低落，不停怪罪自己。七决则不然，有了事情就考虑怎么做，做不好就重新来过。两个人本资质相差不大，时间一长，七决完成的工作量却比绿子多出很多。

心理学有一项研究，认为一个人遇到待解决的问题时，自我克服、自我纠结用到的精力，比解决问题的过程中消耗的精力还要多。没有人愿意为前者消耗太多精力，可是很多人都在那个环节踟蹰不前。

自省是优秀的品质，但是自我反省不是自我抱怨，要接受自己是个会犯错的普通人，认识到自己是不完美的（没有谁是完美的），知道自己有强项，也有弱点。你的强项并没有强到世界第一，你的弱点更不是只有你有。知道了这些，在生活面前，会更从容一些，遇到波折，也会更加淡定。

愿每一个和自己闹别扭的人，都能心平气和地对待自己。

/////

我知道，每一个少年都曾幻想自己是盖世英雄，以拯救苍生为使命，身披黄金盔甲走过闹市，两侧路人仰视自己的目光充满敬佩；每一个少年都想双脚不染尘土，潇洒如神仙，生活在云里。

因为，我也是这样。

我们不停努力，或许会在某一个领域盖过他人，或许并没有。无论如何，从能给我们带来荣耀的地方落地后，回到生活之中，我们仿佛都变成了一个不那么讨自己喜欢的人。

颓唐，庸碌，懦弱。

秃顶，皱纹，皮屑。

偶尔，还会觉得自己不可理喻，觉得自己成了一个陌生人。

我有一个朋友 A，人人都猜她是处女座，因为她对一切事物的要求都挑剔无比。

比如吃饭时，桌布没有摆好；聚会时，小 B 迟到了；出门玩，车开到了错误的道路上；明明有急事，手机却没电了。

A 对这些事情显露出了超过常人的不能容忍。她反复提及这些事情，直到对方再也不愿聊下去；她不停地说"如果不这么做，也就不会……"，弄得所有人都很扫兴——不，她没有针对任何人，了解她之后你会发现，被她"虐"得最严重的，是她自己。

A会反复想着如果当初不这么选择，结果会不会好一些；想着自己为什么要做这个选择；想着既然要做这个选择，为何不把准备工作做得严谨些；想着自己为什么会准备工作不严谨。

我好想说一句：A，你饶了自己吧！就与自己和平共处一次好不好啊。

////

和自己相处得轻松些，有那么难吗？对很多人来说，很难。

可是和自己过不去，并不会有一毛钱的好处啊。

热情、善良等这些褒义词是你的一部分，没有定性、犹豫不决等这些不那么褒义的词汇也是你的一部分啊。

拥有运筹帷幄、自信、乐于助人等特质的人生阶段是你人生的一部分，那些沉闷、无常、黯淡无光的日子也是你曾经的人生啊。

不要那么势利，那么偏心哦。只想要好的自己，看见自己不那么好的一面，就翻脸无情，要甩脸子给自己看了。这样只会自我决裂得更厉害。

不要老盯着自己的弱点，试着淡化它们，把注意力投入要做的事情上去。你会发现，事情不知不觉就在往好的方向走了呢。

- E N D -

2

在爱你的时候，
我遇到了
更好的自己

/

瓢泼大雨哗啦啦，小鹿小鹿没有家，妹妹背着洋娃娃，洋娃娃对我笑哈哈。

巷子拐角处，陆鹿在雨中大哭，面前是一只不知道被哪家孩子玩旧了的洋娃娃，在雨中也保持笑容，大雨天，陆鹿还想给它撑把伞，结果现在倒好，她连自己都保护不了啦。

头顶的雨突然不下了，陆鹿疑惑地一抬头："欸？你是……"

对方皱眉："你是谁？为什么在我家楼下哭？我室友正看恐怖片呢，吓得差点没昏过去！"

对方认真笃定的陈述让陆鹿心中涌起了一阵愧疚。

"对不起，我又把自己锁在屋外了，踢了一阵子，门没开，把自己弄痛了。我怕洋娃娃淋着，它却根本不需要我……"

听见哭得稀里哗啦的女孩语无伦次，对方一脸看见鬼的表情，估计是把陆鹿当精神病了。

陆鹿顿了一下，试图换话题："对了，你室友没吓出来什么事吧……我先声明，就算有什么事我也赔不起哦！"

对方愕然，估计心里确认了这女孩果然有病，看着陆鹿湿漉漉的头发和努力掩饰恐惧的表情，问她："你住哪里？"

陆鹿听到他问这个，眼圈瞬间红了。

对方继续问她："你的朋友呢？家人呢？要不要帮你叫警察？"

陆鹿的眼泪簌簌地往下掉。

对方四处看了看，像是想走又不忍心，想了想，打开钱包，说："你可以在我那里住一夜，但是天亮了必须走。你看，这是我的身份证，我不是坏人。"

陆鹿认真地看了看身份证，惊叫："原来你的真名就叫金王灵均哪！"

金王灵均又皱眉："你认识我？"

废话，不认识他，敢跟他走吗？

他是本市周刊专栏作家，每期都有一张清晰的全身照。他年纪轻轻，名校"学霸"，工科生，却开着时尚专栏，颇得女粉丝喜欢，陆鹿也是他的粉丝之一。他业余在这片小区一间满是绿植的咖啡馆里兼职，真是精力旺盛。咖啡馆里的音乐颇为动听，陆鹿心情不好时会捧着一杯咖啡，一坐一个下午，并没有人来赶。他本人则住在咖啡馆楼上。

陆鹿还以为，"金王灵均"是他给自己取的笔名。

金王灵均的同屋是一个高挑的女孩，她看见灵均带着陆鹿进屋，只点了点头算打招呼，没有多问。金王灵均问同屋能不能把自己的房间让出来，在自己房间凑合一晚。同屋用实际行动回复了他：她回屋，锁门，熄灯。

夜已深，暴雨如注。金王灵均无奈，只好把陆鹿安排在自己房间，自己把客厅的两只单人沙发面对面摆好了，准备躺上面睡。陆鹿原本想推让一番，可是又想不出更好的解决方法，只好弱弱地道歉："打扰你和你女朋友了。"

金王灵均纠正她："她不是我女朋友。晚安。"

听了这句话，陆鹿莫名其妙地觉得开心，走进他的房间，用手机一通自拍，又到网上把金王灵均的文章截屏，凑齐了九张图，发朋友圈，配文："你们绝对想不到我现在在哪里！"

//

金王灵均不是多帅的男生，可是看着顺眼，让认识的、不认识的人都觉得他是一个"好男生"。

这个好男生却出了绯闻。

网上传出了一个女生在他卧室开心自拍的照片，时间是夜里。据说，这个女生是第一次见金王灵均。

第一次见面啊，就到了卧室，雨夜的卧室！

网友们纷纷猜测，金王灵均是不是在引诱自己的粉丝。

看到网上对此事的评论，陆鹿知道是自己那天晚上拍下来的照片闯了祸，她默默自责了很久，还是不敢去道歉。她也想到，可以写一条长微博发到网上，告诉大家，金王灵均只是好心收留她而已，可是被她的虚荣心阻止了——朋友圈里的朋友们可是纷纷猜测她是被邀请而去的，她对此并未反驳，像是默认。

而在此之前，她在朋友圈里从来都是小透明，因为金王灵均，她的人气一下子高涨起来，许多人聊天的话题是她陆鹿了！

但是，她不希望在金王灵均眼里，她是个过河拆桥的低劣的形象，不希望金王灵均觉得自己的一片好心却遭到坏的回报。

这一天，她终于来到了金王灵均工作的咖啡馆，走上去，鼓足了勇气，对他说出了那三个字："对不起，我不该那样做。"

然后如释重负。

多少年了，她习惯了逃避，习惯了做错事情之后仓皇而逃，把自己藏起来，然后让时间帮助自己代谢掉由此产生的负面情绪。可是这次，她发现，勇于承认会让人更轻松。

过去她总觉得命运待她太刻薄，她对生活也总没好气。她觉得没有人能帮自己，她本人当然也不想对别人施以善行。别人都说她不易接近，她也不解释，反而表现出更加难以相处的样子。她懒得表达，觉得表达了也没什么用。她不想交流，她觉得这个世界的本质是冷漠，没有人愿意理解她。

可是最近一段时间，她渐渐懂得了，要想遇到温暖，首先要让自己变得温暖，就像冰山永远不会遇见赤道的灼热。

金王灵均本人要比文字里那个他可爱，陆鹿想着，嘴角不由自主地翘起来。最近，她哭得越来越少，笑得越来越多了，尤其是在想到金王灵均的时候。

自己不会是喜欢上他了吧？！

陆鹿被自己吓了一跳，一颗心怦怦地跳了起来。

///

陆鹿偷偷约了金王灵均的室友，对方答应了同她一起出来。没想到，与人沟通，请人按照自己的期待去做事情，也不是那么难嘛！

不过见了面，她还是很紧张，表现得吞吞吐吐、磨磨蹭蹭、期期艾艾……

对方——哦，对方叫米兰，一种花的名字。米兰在第二次看表之后，不耐烦了，决定单刀直入："你是不是想问我，怎样能追到金王啊？"

听，她简称他金王！她一定很了解他，约她真是约对了。这个女孩真厉害，一下子就看穿了自己。陆鹿很谄媚地叫服务生过来，上了最贵的下午茶点心，然后红着一张脸，脱口而出的却是："你真的不是金王的女朋友吗？那你们……"看金王对她说话那种轻松又亲密的样子，说不是女朋友，也太不可思议了。

米兰打断她："我不喜欢男生。"

陆鹿睁大了眼睛，米兰无奈道："也不喜欢你这种类型。放心。"

这真是误会陆鹿了。

陆鹿露出这个表情，只是因为，她接下来要说的是一段需要深吸一口气才能说出口的话，就是，那个，就是关于她真的真的很喜欢金王什么的……

要是在之前，她一定会很八卦，甚至因为一些莫名其妙的偏见而和米兰保持距离。可是现在，因为二人谈论的是金王灵均，这个光彩熠熠的男生，她觉得心底的小小阴暗都无影无踪了。

她甚至觉得，比起金王灵均，纠结于一些"干自己屁事"的事情好无聊啊。

米兰笑了："很多人喜欢金王啊，"看着陆鹿听了之后颓丧的样子，又补充，"这有什么难过的，这说明你的眼光不错嘛，喜欢的人很抢手。"

"那，金王喜欢什么样的女生呢？长睫毛？长鬈发？长直腿？"

米兰想了想，回答道："最基本的，热爱生活。"

哇！不愧是自己喜欢的金王，一点也不外貌协会，一点也不庸俗呢！

哇！不愧是善于给自己找别扭的自己，喜欢的人看重的东西正好是自己没有的呢！

说实在的，对她陆鹿来说，生活，哪里可爱了？

不不不，她不能这么不讲道理，生活还是很可爱的，至少让她遇到了自己喜欢的人哪。

////

陆鹿慢慢发现，生活不是灰色的，当然，也不是一片金黄，而是鹅黄、孔雀绿、墨水蓝等交织在一起的斑驳。

也就是说，在平凡的日常生活里，有趣的东西还是很多的。

她想起，在最暗淡的岁月里，她甚至想过离开这个世界。可就像一位叫史铁生的作家说过的："死是一件不必急于求成的事，死是一个必然降临的节日。"为此，也因为胆怯，她继续活了下来。

果然，生活就让她遇到了金王灵均。现在的她觉得，人生好短，时间过得真快啊。认识了金王灵均，一晃，就滑过去这么久了啊。

金王不是傻子，当然知道陆鹿喜欢她。他依然像对待朋友一样对待她，温暖但不亲热，有分寸但不冷漠。这让陆鹿觉得和他在一起好开心哪，世上怎么会有这么好的男生呢？！

这么好的男生，才不会属于自己吧！

陆鹿有时会对金王灵均说一些"放肆"的话，享受金王灵均的宽容。背过身去，她偷偷擦干潮湿的眼眶。

她也不是傻女孩，当然能感觉到，金王灵均对她没有男女之爱。

可是，在我看来，这已经不重要了。

是的，比起许多女孩，现在的陆鹿依然不优秀，依然笨拙，依然活得磕磕巴巴，依然偶尔会情绪失控。可是，她已经在喜欢自己，渐渐地满意自己了啊！这些，都是遇到金王灵均给她带来的变化。

这样的她，今后即使不和金王灵均在一起，也会遇到对她好并且她也喜欢的男孩子，两个人快快乐乐地在一起。

所以，除了喜欢，她还对金王灵均充满了感激，对生命充满了感激——因为爱你，我遇到了更好的自己。

- E N D -

/

那还是一个 S.H.E 流行的年代……我去逛商场，听见一个脆亮的女孩的声音说："好好笑哦，三个老菜帮子，唱不想长大。"我听了很生气，S.H.E 并没有多老呢！

我挺喜欢 S.H.E 的歌词的，比如那句"痛快去爱，痛快去痛，痛快去悲伤，痛快去感动，生命给了什么，我就享受什么，每颗人间烟火，全都不要错过"。

这真的是值得称赞的态度啊。

在很多时候，生活看起来都不好接近。而你，别说接近它了，最好还要先对它露出一个微笑以示友好；它给你一个白眼，弄不好你反而还要亲亲它。

想想都觉得可怕，是不是？

所以，畏惧生活的人层出不穷地出现，他们像被妈妈硬牵着上街的小朋友一样，身子后坠，脚步踉跄，满脸的不乐意。他们想，如果可以，永远做一个不必跟世界打招呼，只用记得外卖电话的阿宅，该有多好！

可是，只要活着，随时随地都有可能遇到惊喜，欢喜和惊吓参半。

普普通通的我，不那么年轻了，不是富二代，没有大才华，相貌和胸部都平平，智商和情商都一般，总的来说，把控生活的能力不那么强，于是我就不能享受生活了吗？

//

一个聊天群里有一个小有钱的人，经常发出刺激人的言论。

比如，他问："月入一万以下怎么能生活啊？"面对求助的时候说："这个问题啊，有钱就可以解决了啊。还解决不了的话，可能是钱不够多吧！"有时大家会一起分享运动的经验，他说："×× 品牌的 ×× 鞋，被我抢到了，花了 ××× 元，穿着就一个字：爽。"

有一次，群里分享了一个书房的装修风格的专题，题目是"据说真爱的极限是两个人在家一起工作"，主推面积大的书桌，能供两个人同时办公且互不干扰。那个有钱人说："这必须有大房子才行啊！"

群里还在读书或者刚刚毕业，或者做着一份平凡的工作的小朋友们都要哭了。

生活果真如此势利、如此拜金吗？

生活当然需要钱，可是它只是一个必要非充分条件。生活如此多元，若只把"钱"加粗，加下划线，时时刻刻盯着，也是挺遗憾的。

我的著名的表妹蔡乐乐，是一个"财商"极高的人。

她从十五岁就开始订阅财经杂志,去图书馆翻找财经类的书籍了。后来她开了个淘宝店,宣传、售前、售后都雇人打理,俨然是一个小小的CEO。

她十八岁就开始炒股,购买各种理财产品。同学还在问爸妈要钱的时候,她已经送妈妈护肤品了。

她二十岁不到就在市里买了人生第一套房,面积还不算小,亲戚们都震惊了。

大学四年,她的财富成倍增长。女同都在学谈恋爱,她在开着路虎揽胜跟创业公司见面商量风投。她的日程被安排得密不透风,我猜她根本不知道"无聊""空虚""无所事事"这些词的意思。

而她的爸爸,我的舅舅,却对我妈妈感慨:"我真希望乐乐就是个普普通通的孩子,平凡,甚至平庸地生活。"

我捏着自己存款寥寥的银行卡,听得直翻白眼……

我的妈妈爱弟弟心切,还真的去劝他:"乐乐虽然很辛苦,可是她做的是自己喜欢和擅长的事情,也有她的成就感哪。"

好吧,姑且算你们说得在理。

普普通通的孩子在成长的过程中,和家长斗智斗勇;经过一番努力,成绩排名前移了十位;辛苦了很久,盼来了假期;不想做作业了,在窗口看着飞来飞去的燕子发呆;回望自己做过的傻事,欣慰当下的自己成熟了许多……这样的"小确幸",乐乐很少享受。

所以,做爸爸的才会觉得遗憾吧。

可是多少普普通通的孩子也不懂得享受这样的光阴呢。

///

我一直佩服我的朋友小五。我们认识将近二十年了，她家在农村，兄弟姐妹好几个，她是唯一一个考上大学的。她的老公也来自农村，生了孩子之后险些没人帮着照顾，自己妈妈没空来，婆婆不愿意来，一来嫌弃她生的是女儿，二来觉得现在的年轻妈妈太娇气："我们当年孩子好几个，都自己照顾，还做饭、做家务、下地干活儿。"

我呸啊！最讨厌喜欢"话当年"的纵向比较的人了，时间再往前推，人类还住山洞，以树皮为食呢，你怎么不去住不去啃哪？！

小五在读书时，每天都一派轻松。上课就好好听，因为觉得学习挺有意思的；下课就好好玩，因为觉得玩也挺有意思的……

她朋友多，朋友们也各有各的有趣之处。

她不觉得有什么事情值得焦躁，遇见了困难事，努力解决便是；解决不了，担着便是，不必反反复复纠结于此。估计在她的眼里，这个世界也是挺好玩的吧。

带着喜悦的目光看待这个世界的人，终会被世界温柔以待。后来与她共组家庭的老公经济条件比她好一些，重点是性格轻松幽默，是个少见的活得通透且懂得珍惜生活的男生。

双方家庭都有负担，都有烦心的事情，二人遇山开路，遇水搭桥，一起解决生活难题，小日子过得十分有滋味。

虽然婆婆不爱她的女儿，可是他们夫妻二人爱啊，他们才是小孩的监护人。虽然照顾小婴儿的生活有诸多麻烦，可是更有诸多可爱之处啊！

我看小五，觉得她对待生活的态度就像汪曾祺笔下写到的，别人逛菜市场，觉得凌乱且脏，若不是为了生活，断不会去，汪曾祺却觉得到了菜市场能感受到"生之喜悦"。

对了，她最喜欢的当代作家，就是汪曾祺。

她有她的享受，那是旁人能看到、能了然却夺不走的。

////

单位附近的小巷子里，有一个修鞋匠，他的一条腿是跛的。

他最开始在巷子旁的路边摆摊，因为活儿好，收费便宜，"事业"越做越大，除了修鞋，还修箱子、皮包。后来它就又租了一间房，外面营业，里屋住人。

他门口的两侧种了蔬菜，一只没人要的靴子被他用来当花盆。一个废弃的轮胎被他绑在柱子上，做置物架。他还收留了一只丑八哥，用铁丝做的鸟笼子挂在屋檐下，精致小巧。我上次去，八哥已经会说"欢迎光临"了。

外间是 L 形的鞋架，一只只鞋子整整齐齐地摆放于此，简直像等待检阅的士兵，地上纤尘不染。

他的日子过得舒畅，老婆贤惠温柔，有时候会当着别人的面对他做善意的批评，他听了就甜蜜一笑。

他们有一个小女儿，精灵古怪，常常语出惊人时，他就露出宽容的、享受的笑容。如果有人夸他女儿聪明，他就笑得更幸福了。我毫不怀疑，这个小孩成长过程中感受到的快乐，不会比富裕家庭的孩子少。

他的生意越来越好，与许多顾客成了朋友。这次没带钱？下次再说。鞋子忘了取？他帮你精心保存。

他修好了一台收音机，放着地方台不怎么高雅的节目，他经常一边干活儿一边听得津津有味，但并不加以点评。

谁都看得出来他对生活的满足。

/////

我有一个长辈，在外人看来，她的生活算是不错的了：丈夫工资不低，孩子们学习、工作都不错。她却每天都不怎么开心：双方老人一天天老去，老得不能动了之后怎么办？几年都没有涨工资了，什么时候能赚到大钱？老公没出息，你看别家的阔太太日子多滋润？孩子麻木不仁，别人的孩子怎么就能开豪车、住大宅？那谁谁谁和谁谁谁怎么这么瞧不起人，不就是比我年轻、有钱、好看点吗？

她的时间都花在忧思上，一生也没有把精力专心地投入到一件事情上，于是一生也没有做好一件事情，年龄越大，也就有了越多的惆怅和烦恼。

她后来和小女儿住在一起，按道理说，接下来无非就是安享晚年了，可她偏不，日常琐事也会被她放大成敌我矛盾，把一家人搅得痛苦不堪。不得已，她又住到大儿子家，结果呢，对儿子、儿媳更是各种看不惯，和儿子、儿媳吵了好几次架。

生活对她而言，就意味着无穷无尽的烦恼。

她常常对人叹息："想想我这一辈子，除了倒霉还是倒霉。"让听的人无言以对。

我有一个年轻的朋友，本处在人生的大好光阴里，却和那位长辈一样，整日纠结，思来想去，就是不行动，自然也就没什么成果咯。于是每到岁末，叹一句"年与时驰，意与日去"，苦恼一番，但是，到了明年，继续如此。

王思聪有他的苦恼与快乐，你也有你的苦恼与快乐。享受生活的唯一条件，就是躺平了……哦不，就是投入其中，即使无法做到兴致勃勃，至少也要认真地凿开生活的坚果，然后吃到香甜的果仁。

- E N D -

4

什么样的人
最受不了
别人过得好

/

塔塔去马尔代夫旅游，景色太美，她忍不住一一摄录，分享到朋友圈。

塔塔的摄影技术还不错，而且天地良心，她就发了这么一组图。大家纷纷赞天蓝海蓝，有人却在下面留言："哟，挺惬意嘛。不过景比人美哦，塔塔你该减肥啦！"其实塔塔也不是胖子，中等身材而已。

一帮女生的微信群，日常聊天很难涉及家国大事。这天周小喵说，某个品牌的某个系列真的很好用啊。她只是单纯想和大家分享，有人就跳出来说："这个牌子啊？在国外都是平价店卖的，买不起好护肤品的人才买这个。"还好大家已经习惯了这位的尖酸刻薄，大家继续交换护肤品使用心得，并不会受她影响。

生活中总会遇到这样的人，见不得别人享受生活，甚至见不得别人对生活淡然处之。他们最不爽别人的生活里有惊喜，甚至别人生活里没有惊吓他们都受不了；他们最喜欢听别人郁闷的事情，看报纸只爱看负面消息，每天生活下去的动力就是知道有人比他们倒霉；知道老熟人们都生活得沉

PART 7 - 永远别忘记，抱抱你自己

205

闷、单调，挣扎在温饱线上，纠结于家务事中，他们最开心。

偏偏这样的人，吃了一次高价冰激凌、做了一餐相对丰富的饭、收到一件礼物，都要大秀特秀。因为这些对他们来说，都太难得了。

是的，自己的生活有缺憾的人，最受不了别人过得好。

他们内心深处是深深的不满足感，可是找不到改变的方法，于是觉得别人也应该与他们一样时刻承受着不满足感，如果别人非但不面目沮丧、眉头紧锁，反而坦然且轻松地面对生活，时不时还与生活里的小惊喜来个不期而遇，他们就会觉得"什么？！怎么会这样？这一定不正常！"他们就会下意识地打压对方，他们本能地期待靠着自己的打压，对方会降到和自己一样，最好比自己低的层面上来。当然，这不大可能。

这种心态，除了惹人厌之外，产生不了别的效果。

//

我曾经在等待一个很容易迟到的朋友再次姗姗来迟时，目睹了一场极为精彩的"暗斗"，让本该令人焦虑的等待变得值得。

两位女性面对面而坐，一个打扮得艳丽些，一个打扮得朴素些。

听她们说话，两个人是中学同学，在同学聚会时又联系上的。

艳丽女性开心地告诉对方，自己的薪水加了，而且职位也有望进阶："今天这顿我请，你可不要和我抢。"

朴素女性淡淡一笑，表示了赞叹之后，两个人就开始聊一些家长里短。其间朴素女性聊到自己的大侄子马上就毕业了，工作不好找。

艳丽女性升高了喜悦与遗憾交织的语调，说自己的公司还不错，就是要求比较高，问朴素女性的大侄子从哪里毕业，如果学校不差的话，倒是可以帮着引荐一下。

朴素女性道了谢，说那样最好，原本是想实在不行，就先在自己和老公的公司先干着，攒点经验，就是担心年轻人会因为是自己亲姑姑创建的公司，在里面不好好干。

艳丽女性卡了一下壳，然后就不怎么开心地问对方，什么时候不声不响地从一个家庭妇女摇身而变成了一个女企业家。

朴素女性笑着说，什么女企业家，只是蜗牛壳大的小公司，之前也时不时地在朋友圈给大家汇报过啊，可能艳丽女性没注意。

艳丽女性问对方一年能赚多少钱，朴素女性说了个大概的数字。听见这个不小的数字之后，艳丽女性明显不开心了。

接下来，艳丽女性表现出的对这个世界的恨意噌噌地增长。朴素女性接电话的时候，服务员给她上菜，端的盘子多，艳丽女性静静地坐着，看朴素女性手忙脚乱，绝不伸手帮忙。

等朴素女性接完了电话，艳丽女性半开玩笑半认真地说："这顿你请哦，我可不跟有钱人抢埋单的机会。"又想到了什么，期待地问朴素女性，"你老公怎么让你这么辛苦啊，他整天干吗呢？"朴素女性解释说，老公管理的是一家更大的公司，这家小公司服务的都是老客户了，继续维护就行。

艳丽女性不高兴地说了一堆类似"女人不能太操心，自己创业不如在大企业做事那样旱涝保收"的话，言辞趋于刻薄，已经丝毫看不出老同学的亲热劲儿了。

我在心里暗自为她"喝彩"，这转变之快非一般人能做到。

她和许多人一样，受不了曾经和自己过得差不多的人，后来居然比自己过得好。

///

说起来，什么样的人最受不了别人过得好之第三种，才最奇葩，偏偏他们还自以为有立场。

他们靠着做小伏低，勤扒苦作，有了一些收获，于是认为，每个人——不管是不是天资更聪颖、起点更高、准备时间更充沛——都要和他一样辛苦、一样忍辱负重，才有资格过上好生活。那些轻轻松松地享受生活的人，在他们眼里简直是"事出反常必有妖"一样的存在，是很不正常的。

之前看到一篇文章，说刚刚通过一番努力有了点积累，或者正在努力有积累的人，最喜欢谴责别人。

比如，他们觉得，有了整块的空闲时间，就要去读书以增长知识，去旅行以增长见识。若做不到"行万里路，读万卷书"，就是愧对人生，就得被批判！他们倒是想去读书、想去旅行呢，这不是俗务缠身所以做不到嘛！可是他们没有想过，可能对别人来说，读书、旅行这些仅仅是日常。

再比如，他们自己也许已经生活得不错了，但是他们的父母、子女、亲戚却生活得还没有那么好，所以，他们给自己加上重担。他们除了为自己而活，还要为一大群人而活。他们不允许自己快乐，也不愿意看见别人快乐。总之，他们见不得别人过得好。

这样的人，看似忧国忧民，其实遇见事情时往往严于律人，宽以待已，而且控制欲强，不懂变通。和他们只是江湖偶遇倒没那么让人窝火，比较可怜的是他们身边的人。当他们掌握一定威权的时候，身边人就更可怜啦，比如他们的子女或者下属。

生活没有我们想象中那么轻松，可是也没有我们想象中那么沉重。有机会喘口气，干吗不呢？有能力笑对人生，干吗要哭丧着脸呢？

////

总而言之，什么样的人最受不了别人过得好？不懂得欣赏，更不懂得求同存异的人，一句话，格局小，情商低，也正因为如此，受不了别人过得好的人，往往自己也过不好。

若身边有这样的人，请与他保持距离。若本身是这样的人，请一定努力改变哦。毕竟，这样的人是很难享受到生活的美好的。

- E N D -

5
NO.

别让糟糕的事情
把你变得
更糟糕

/

有一段时间，我真的到了崩溃的边缘。

先是相恋了多年的男友提出分手，理由是"你不觉得我们早就没有爱了，仅仅是出于惯性才在一起的吗？""吗"什么啊，你说的只是你自己啊！而在他说出这番装模作样的话的前一天，我还在幻想着被求婚的场面……

然后是已经准备办理入职手续的公司突然给我发邮件，说因为职位设置的原因，我不必去报道了。为什么不早说，我已经跟之前的单位提出辞职了啊！当初就是本着"人往高处走"的原则才向这家大公司递了简历，过五关斩六将被录取之后，我马上喜滋滋地给原来的厌倦已久的单位提交了辞职信，那种辞旧迎新的爽歪歪的感觉还没维持够 48 小时呢。

什么叫祸不单行？这就是。

还好，我租住的屋子已经交了半年的租金，还有个角落可以独自舔舐伤口，不至于流浪街头。

想颓唐地过日子很简单，而且瞬间就可以切换到这个状态。每天晃荡着起床，脸都懒得洗，坐在电脑前开始追剧、打游戏，累了就躺在床上刷微博，一直到睡着。连外卖都懒得叫，补充维生素全靠方便面里的脱水蔬菜。省下钱来买可乐和薯片，它们最能给我带来幸福感。不想和任何人联系，包括父母，他们打电话来我会不耐烦，他们说什么我都觉得是在影射我，然后在电话里发火，挂了电话就流泪，边往嘴里塞薯片边流泪，越想越伤心。

那时我唯一的社交是在网上和人掐架。

存款消失在日子的脚边，体重增长于呼吸之间。对着镜子，看着本就瓷实的我彻底变成一个大胖子（PS：睡觉还会打呼噜），我居然会自虐般地笑。笑完之后，继续任自己像一摊烂泥一样活下去。

我隔段时间会去超市采买，用的是轮着刷的两张信用卡之一。这一天，买完零食和泡面，我想着好歹得有一支洗面奶吧！到了日用品专柜，一个二十岁左右的导购叫我阿姨。"阿姨，来这边看。"她冲我的背影套近乎，"你拿的那个不适合你的年龄段，只是补水，没有滋养功能。我拿的这款更适合你。"我想狠狠瞪她一眼，但是默默接了过来，放到购物车里。

我穿着大白T恤，皱巴巴的七分裤，肥肥的裤脚塞在一双伪劣洞洞鞋里，整个人蓬头垢面，满脸丧气。

想当年，我也是学校国标舞协会的主将，是在众人瞩目的舞台上表演过的。

真的，那一瞬间，我突然非常非常地厌恶自己，非常非常地想让自己改头换面。

我生活的空气，沉闷而黏稠。我想呼吸外界的空气，约了缪莎，就是她给我介绍的跳槽的公司。见到我之后，她大吃一惊。

"我还以为你高就了之后太忙，或者有了新的朋友，所以不和我联系的呢！他们怎么能出尔反尔？！不行，我要去找他们。"她说着就气冲冲地开始拨手机号，我忙制止了她。看着朋友依然愿意为我抱打不平（为这样一个连我自己都嫌弃的自己），我觉得好感动。

"算了，事情过去太久了。你要帮我，就介绍份工作给我，兼职、全职都可以。我待在家里都要长霉斑了。"

"行。"缪莎点头。

缪莎帮我找的工作是为一家新入驻中国的零售商做便利店的"神秘顾客"。所谓神秘顾客，就是和普通顾客一样，到便利店里购物，但是在选购的过程中，要对商店的购物便利度、服务、环境等多方面进行考量、打分，然后把结果做成报告汇报给雇佣人。

听起来很轻松吧？其实很辛苦，毕竟是工作，不是轻松地去消费的。因为我并不专业，又是新人，所以做的东西比较低端，每份报告不到一百元。

工作结束后，拿到报酬，看到银行的进账通知短信，那一瞬间，我觉得自己又有用了。

给妈妈打电话，她对我突然而至的好态度让我有点不习惯，感到几分欣慰、几分疑惑、几分忐忑。电话这头的我好心酸，也让我再次坚定了要改变自己的决心。

缪莎通知我，这家零售商要举办一个酒会，欢迎每一位对他们友好、为他们奉献过的人参加，邀请名单上居然也有我。

酒会上，霓裳丽影，浮光跃金。我好不容易才把自己肥硕的身材塞进一款面料硬挺的黑色中短裙（为了显瘦）里，手臂上的肥肉滚滚溢出，令人尴尬。在场也有不那么瘦的人，可是人家体型匀称，个个雅致有礼，光彩照人，我偷偷地摸了摸脸上的痘痘、枯涩的头发，莫名自卑，觉得自己实在配不上这么漂亮的场合。

我在心里暗自咬牙。

原来网上的信息这么多。有各种App，教你怎样减脂、塑形、洁肤、穿搭。天哪，我之前都在干什么啊？浪费了这么多有用的东西，而且还是免费的。

那么，说干就干吧。

///

据说运动会分泌多巴胺，让自己更加积极，让心情好起来。我践行了之后，信了。瘦下来没有那么快，可是看着自己的气色一天天好起来，线条也逐渐明显，感觉还是很让人"哈哈哈哈哈"的。

我带着好气色去做神秘顾客，遇到一个好男生。

他清秀、礼貌、收敛、挺拔，穿着打扮、遣词造句，一看就知道教养好。

到哪里找这么好的男生啊！我人庶志短，当然没敢要个联系方式什么的……可是我可以幻想啊，比如，幻想一个和我一样胖胖的努力生活的女生，和一个"男神"相爱的故事。

于是，我有了新的爱好，就是每天睡前把我的幻想变成文字。

之前看到有人说，普通人学艺术，看似没什么用，其实，是为了有一种方式表达自己。画画也好，弹琴也好，跳舞也好，写作也好，任何一样都能舒展你的灵魂，抒发你的情绪。

诚不予欺！

于是，我的晚间生活变成了这样：运动—写作—学习语言。

因为那家零售商是外国的嘛，为了更好地交流，我开始学习他们的语言。

第二天一早，就觉得心灵满足，胃很空虚，于是兴致勃勃地给自己做一顿早餐。可能只是简单的煎蛋三明治加牛奶麦片，可是听着音乐、扭着屁股自娱自乐地做这些时，也会有乐趣滋生。

吃完饭干吗？当然是出门赚钱了……

对了，因为一直服务于这家零售商，做得还比较认真，我的报酬提高了。当然要求也高了，偶尔召集大客户开展调研汇报会议时，我也得客串一下主持。我挺渴望这样的机会的，因为钱多。

也不是改变了心境就事事如意了，生活依然有许多不美好，比如前男友的新女友也未见得比我强多少，可是前男友把她宠上了天，据说已经快要订婚了，他估计已经不记得我长什么样了吧。而那位好男生，再见了我还是不认识我。我健康生活了很久，体重依然超标，依然是很容易长肉的体质，偏偏自己又对高热量、高糖分的东西喜欢得要命，恨不得像《银魂》里的银桑一样，在墙上贴上"糖分"昭明心迹。

////

真没想到，那篇胖女孩和帅男生相恋的纯"意淫"小说居然点击率很高，还收到了好几封要代理这部小说各种版权的私信，真是无心插柳柳成荫，看来，有不少女生有和我一样的幻想嘛！

我开开心心地请缪莎吃饭，顺便对她表达谢意。见面后，缪莎打量了我一番，笑了。

几年前，缪莎的父亲不幸因病去世，缪莎觉得自己的天都塌了。之后是无尽的噩梦，自我封闭，怀疑一切，歇斯底里。

她很久都没有去公司上班，她想远离这个世界，甚至想随父亲而去。

有一天，她从宿醉中醒来，看见妈妈瘦弱的身体，在努力弯着腰，清理她的呕吐物。缪莎瞬间清醒了，她伸出自己干枯如槁木的手臂抱住妈妈，暗暗下决心，不再颓废下去了，她要和妈妈一起撑起这个家。

回到公司发现，妈妈之前替她请了长假，她又是一阵感动，回到岗位，努力工作，拓展客户，自不必说。

多年过去，想起父亲，她的心还会痛，可值得庆幸的是，她没有为此一蹶不振，连带着让爱自己的人也跟着伤心。

"我们这一生，总会遇到糟糕到让你提起都难受的事情，可是，不要让糟糕的事情把你变得更糟糕啊。"缪莎幽幽地说。

我佩服地看着她，拿起自己的水杯，轻轻碰了一下她手中的杯子，然后一饮而尽。

是的，那些令人沮丧的、崩溃的、无奈的、失落的事情，总会在你人生的某个转角出现，如果因此就放弃了自己，任由自己被糟糕的情绪裹挟，认为自己就是这个世界上最倒霉的人，一天天堕落、消沉下去，变得比那些糟糕的事情还要糟，那样才是最令人没法接受的吧！

谁都不想看到一个狼狈的、邋遢的自己，谁梦中的自己都是光鲜亮丽的，可是，总有雾霾把我们变得灰突突，总有泥泞拽住我们的脚步。我不愿被糟糕的事情污染了，然后再污染掉自己的生活……也不愿你这样。

愿读完此文的你，永远不糟糕。

- E N D -

这世间没有
又便宜又好
的东西

/

我师妹董冬特别排斥相亲，觉得那是以物易物。我说相亲也是有好处的，比如可以知道你在牵线人的眼里是怎样的存在，励志的人还会因此找出自己的短板，并进行弥补，由此走上成功之路也未为可知。

网上曾经流传过一个"凤凰男"征婚的帖子，他坦承自己家里穷、负担重，但是自己很优秀，表现在学历不低、赚的不少。因为自己负担重，所以要求对方父母有独立的住房和医疗保险，对方最好是独生女，人美钱多。反正关于条件，自己的优点，对方得更优；自己的弱点，对方得弥补。这种逻辑好强大，好有道理，听得人直想动粗。

至于要求婚房写自己父母的名字，对方家里出部分首付并共同还贷，婚礼从简，用钱 AA 等要求自不必说——总的来说，就是想以超低成本、超高回报娶到老婆。

坦白讲，谁都幻想过付出很少却能收获良多，幻想完了自嘲一下就行了。真的付诸实施，那是有点贪心；还要别人自损利益来配合，那叫丧心病狂。

我身边也有类似的男生，比如聂戎璧。

聂戎璧是我表弟，他觉得自己生来就是要做大事的，精力绝不能浪费在些小庸常上。所以，除了为实现自己的目标不得不付出的那部分，其他的请不要劳驾他。

可惜事不凑巧，他喜欢上了一个女生。

那个女生黑发白裙，走在蔽日的苍绿梧桐树下，端的是一幅曼妙的风景，聂戎璧看傻了眼。

他托同学要到了女生的微信，然后展开自我介绍。平心而论，聂戎璧口才不错，对方加了他并且和他建立了点赞之交。

过了段时间，他吐槽："为什么这个女生还不主动找我挑明啊？我都和她聊了这么久了，是不是想欲擒故纵啊？"

我吓了一跳："挑明什么？你还没开始追求人家，就要人家答应了吗？"

聂戎璧呵呵一笑："一个陌生异性要她的微信号，在她通过对方请求的那一刻，不就等于接受了对方吗？"

呵呵，真想和他解除亲缘关系。

在我的谆谆教导下，他终于明白了，在经过了前面这一番"交往"之后，女孩能叫全他的名字就不错了，不可能感受到更多。

于是，他在微信上告白了，然后，女孩礼貌地拒绝了他。

聂戎璧炸毛了："我花了这么多时间在她身上，她说拒绝就拒绝，太无情了！"要不是因为已经打不过他了，我真想揍他一顿。你聊几句微信就想令别人心折？要不要这么自以为是啊！

你要的是爱情，付出的是发几条微信。最黑心的资本家也没你黑。

//

　　总有人觉得自己是运气特别好的那一个，能动动手指头就得到别人花费了大量的心血、精力、金钱才能获取的东西。

　　有个小妹妹最近做了微商，向大家推荐她代理的十九块九一盒的玫瑰精油面霜，说效果超级神奇，比国际大牌加一起都好。昂贵的护肤大牌其实都是心理战术，再说昂贵的护肤大牌的广告费、营销费、店面房租等附加的费用太多，不像她代理的产品，直接让利给消费者。有人说玫瑰很贵啊，玫瑰精油很贵啊，一盒面霜才十九块九？里面能有玫瑰吗？她说你们不懂，厂家让利。

　　看没有人接茬，她又说这个产品自己也在用，一盒面霜能解决所有问题，感觉比雅诗兰黛、赫莲娜什么的好多了。有人问她是不是真的比较过，她说当然，从某某代购那里买到的，雅诗兰黛的面霜，一百块钱一瓶，你瞧，是不是比她的玫瑰精油面霜贵很多！我们都无语了，这个价格若能买到真货，就太神奇了。

　　看大家依然沉默，她转而言辞婉转地说了一番话，大意是去专柜买大牌，其实是在花冤枉钱，就是因为你们外行，所以才被宰。现在你们身边终于有了她这么个懂行还卖便宜货的人，你们居然还执迷不悟？活该啊！

　　我们也梦想有东西能一劳永逸地将皮肤打理得白皙柔嫩，可是我们也都知道，要达到这样的目标，是规范作息、健康饮食、运动锻炼加上科学护肤才有可能的，在以上都做不到的情况下，就只能付出金钱了。如果又懒又抠门儿，那就……丑着呗。

恬恬是我周边最美的一个，白皙、苗条、紧致。油炸食品她一概不碰，从不吃保质期在一星期以上的东西，刨去鱼肉、牛肉、鸡蛋和牛奶，就是素食。她早睡早起，保湿喷雾不离手。紫外线强的时候，她要涂厚厚的一层防晒霜，并且穿上长袖长裤。她每天慢跑，还在健身教练指导下进行器械训练一小时。她化妆镜前的瓶瓶罐罐一大堆，好多我都不知道是干吗用的。

如此自律、如此苛刻才造就的美貌，怎么可能是一盒没牌子的廉价面霜就能办到的？

///

说到贪便宜还自我安慰这回事，谁都曾经有过吧。我最近的一次，是需要置办一台笔记本电脑。逛了一圈发现，贵的当然又漂亮又让人信任，但是它贵啊！有必要买贵的吗？好像也没有必要。我用笔记本，也就是码码字，浏览一下下网页，够用就行啦。

买回家没多久，各种症状就出现了。而且开机速度那个慢，完全可以按下启动键之后去个厕所再回来。慢慢地，我也不敢在里面存东西，生怕它哪天瘫痪了。后来用得越来越少，放着都占地方，就找了个回收网站，以我购买价五分之一的价格卖掉了。本来想着省钱的，结果反倒浪费钱。

买衣服也是同样的情况，并不是买不起，但是老想着图便宜。结果买回来的衣服不但没什么质感，而且没穿几次就变形、起球了，只好扔掉。后来开始重视衣着质量，又不想花太多心思在这上面，就认准了几个适合自己的还不错的牌子，衣服买回来，穿很久也依然如新，总的算下来，反而花费不多。最重要的是，我买的那些便宜衣服穿在身上一点也不好看，而贵一些的，穿上身的每一天都显得我光鲜有型。

我有一个哥哥，长辈都夸他资质好。进了一家大企业之后，有一些学习机会，但是需要自己交一部分钱，因为他觉得自己家境一般，负担学费就要降低生活质量，于是就放弃了。结果几年之后，一起进这家企业的哥们儿，有好几个都走到了自己前面，不用说，接触到的信息、交往的人群、眼界和魄力、工资和奖金，都高出自己不少。这个贪便宜，真是吃亏吃大了。

便宜的东西，有时候挺贵的。

////

说起来，这世间并没有又便宜又好的东西。古玩要经过漫长岁月的洗礼，才会有一层滑熟幽静的光泽，即人们常说的包浆，从而更具价值。钻石要经过艰难的开采、切割、打磨，才能发出璀璨的光辉。

得到好东西的道路，从来都不是和轻松、便捷、廉价等词语联系在一起的。在你能承担的范围之内，选择能负担得起的上限，这是人生投资之道，也是一种态度。自私又贪婪的人，终将一无所获——这才是自然规律，才符合人生逻辑。

- E N D -

只要是爱，
都不耻辱

/

聚会是在一个极雅致的场所，大家聊起了自己的爱好，打网球、国标舞都收到了赞叹；攀岩、潜水更是引来佩服的目光。小乔支吾半晌，说自己没什么爱好。

散了后，小乔说，她最喜欢玩扑克牌，但如果说出来实在丢人。

她是真的喜欢，不是我们寻常所见的几个人因为无聊用玩扑克牌杀时间的那种。

她会至少一百种玩扑克牌的方法；她一个人能一人分饰多角玩上几局，还局局精彩；她收藏有世界各地多个版本的扑克牌；她把一些扑克牌的玩法总结成了数学公式，朋友们在牌桌上一旦使用，就所向披靡。

在我看来，小乔的爱好和其他人的爱好并无不同：闲来自娱，侍奉心灵、躯体与大脑。如果爱好深入，玩出了旁人不可及的技巧，更是厉害。哪有什么高下之分？

只要是爱，都不耻辱。别人读维特根斯坦，你喜欢看《读者》；别人迷恋巴赫，你喜欢听贾斯汀·比伯，没有伤人，没有害己，那么就不可耻，不必刻意遮掩，刻意爱得悄无声息。

//

我不是针对谁，虽然青森会觉得我是有意说给他听的。

青森独自来去，谈及感情就保持微笑，缄口不言。他个子挺拔，高鼻深目，大好的一个青年，单着太浪费。不断有迷妹对他袒露心迹，他只是躲闪。

后来有人爆料，说青森其实有女友，二人一有时间就腻歪在一起，据知情人说，他们相爱多年，感情浓厚。

那为什么不直接说出口呢？

知情人诡秘一笑：“因为二人是一个属相。”

“一个属相怎么啦？相克吗？”

知情人笑意更深：“是同一个属相，不过，青森的女友大他整整一轮。”

就因为这个？

可能真的就因为这个。因为，当发现身边的人不再纠结他的单身问题了，发现自己和女友的事情大伙儿都已经知道之后，青森恼羞成怒：“没错，我的女人大我十二岁，那又怎样？我爱她。”

你爱她，这不就已经足够了吗？她也爱你，这不是更令人艳羡？为何要为自己的爱而感到耻辱？为何还要这样恼羞成怒？

享受就是了，对上苍心怀感激就是了。

一定会有不动脑筋又生活贫瘠的人因为你的爱情不大众而去指指戳戳，那又怎样？得允许有人嫉妒，毕竟，你拥有的是众人渴求的爱啊。

经典剧目《老友记》里，菲比的弟弟爱上年龄足以做自己妈妈的女人，二人坦荡秀恩爱，最终甜甜蜜蜜步入婚姻，这可是二十年前的美剧。

///

我认识一个妈妈，习惯对人辩白对自己女儿的爱，就算对方并没有问，也没有流露出半分疑惑。

她的女儿有唐氏综合征，所以智力低下，一说话就流口水，别人骂她她也冲着对方笑。但那是她的女儿，天知道她有多爱她，毫无保留地爱她——尽管女儿是先天愚型，面容特殊，和同龄人的差距是天上和地下。

所以，女儿这辈子都难以拿回一张奖状、得到一份荣誉、赚到一分钱、获取一个人的尊敬，唯一能令她为女儿开心的机会，也许是在饭桌上——女儿偶尔也会在吃饭时把碗端稳。

大众眼里，她女儿这样的人也许值得同情与呵护，但是不值得爱。可是她不是大众，她是她的妈妈，爱女儿是她的本能。

当她和女儿相处时，还没什么，她还很畅快、很自然。但是到了人群中，她会为自己的爱感到耻辱。

"丢人。"她曾经喃喃。

爱并不丢人，只要是爱，都不耻辱，母亲爱孩子更是天经地义。坦荡、投入地爱，周围人会随着你的揪心而揪心，随着你的欢乐而欢乐。就算有肤浅的、先天冷漠的人讥笑你，那又怎样？他和你的生活没有半点关系。

这个妈妈慢慢强韧起来，她甚至享受女儿永远"小孩子"的那一面。有一回，女儿迷路了，她正着急，有邻居将女儿送了回来，原来，邻居在下班路上遇见了她的女儿，就第一时间把孩子送回到她身边。邻居说："因为我们都知道你有多爱她。"

////

琳琳是出名的美女，学历高，工作也好。追她的人从有钱到帅气，各有所长，而她爱上的人是一个小饭店的小老板。

她领我们去吃过几次那家小饭店，得承认，小老板人秀气、清爽又幽默，的确有可爱之处。琳琳和他在一起也开心又放松，这桩爱情的确有可圈可点之处。但是比起开保时捷追琳琳的东方，比起城里有几处旺铺的西门，比起海归博士轩辕，比起父母都是知名教授的端木，小老板就太拿不出手啦。

不说那些出挑的，就说我们这些各方面平平的女孩，男朋友说出去仿佛也更长脸些。

有一次，同事点餐，正值午餐高峰期，送餐的居然是琳琳的男朋友，同事有几分尴尬，琳琳也觉得脸上挂不住。

说琳琳没有动摇过，那是假话。一开始，她连自己的父母都没敢告诉，何况还有那么多光鲜亮丽的糖衣炮弹，随时等着向她进攻。

但是，他了解她所有的缺点，呵护她所有的软肋，知道她最隐秘的欲望。

他就像相声里的捧哏，接得住，送得出；能雪中送炭，也能画龙点睛。他们的爱情不洒汤不漏水，小老板是重要的因素。

二人曾经冷战过很长一段时间，在这段时间里，琳琳和其他人吃过饭、逛过街，然后友好地说再见，都没有继续下去。

"没办法，"琳琳无奈地说起小老板，"我爱他。"

尽管他不喝星巴克，不吃生鱼片，不会养绿植，摄影水平差，可她就是爱他啊。

只要是爱，都不耻辱，那是你自己的事情，只要它让你变得更充盈、更美好，就没有高尚的爱和低劣的爱之分，没有大的爱和小的爱之分。别人，尤其是别的不好的人，他们的言论，你可以爱听不听。他们的眼光，他们的看法，你也可以开启自动屏蔽。

- *END* -

我要做公主，也能做女王

PART

8

GOOD GIRL
COMES WITH
LIGHT

每个女孩
心底都埋伏着
一个女王

/

"我不是不会温柔，只是不愿对你温柔。"骆小灵一字一顿地把这串话说出口，欧利君的脸色立马变白。

"你又不是不熟悉我。"骆小灵巧笑倩兮地补了一句，欧利君的脸又变成了绿色。

他显然很熟悉骆小灵，在过去的三年多时间里，他和骆小灵的距离近到不能再近。只是在骆小灵突然说出这句拒人千里的话的这一刻，他觉得骆小灵好陌生。

骆小灵曾经极大地满足他的虚荣心，变换花样的早饭，熨烫得笔挺的衬衫，甚至洗得干干净净的内衣裤。

他觉得自己配得起骆小灵这般对待。他长得好看，赚的钱多，家境优越，为人大方，前途光明。

在诸多抛送媚眼的欲擒获他的女孩中，他选择了骆小灵，这是给骆小灵面子。给恋人的面子，就是给恋人最好的礼物。

他欧利君，给别的女孩奉上这样的面子，那个女孩也会欣喜若狂吧！

骆小灵自然也不在话下。

和所有恋人一样，他们二人也有过如胶似漆的热恋期，一度到了互相见家长的境界。在男女关系里，这意味着将要修成正果，从此在对方的麾下消消停停，外界的珠光魅影与自己不再相干。

女孩们多羡慕骆小灵呀！

可是欧利君越来越让骆小灵不舒服了。比如，他愈加频繁地说："你乖乖的。"

喜欢意淫霸道总裁，爱好"壁咚"的少女不会体会到这句话的禁锢欲。

欧利君可以单独出门和朋友聚会，骆小灵却不可以丢下欧利君去找闺密，欧利君表示反对的方式是微微皱眉，说一句："你乖乖的。"

欧利君可以约一群人到家里来，他却不喜欢跟骆小灵来家里做客的姐妹。

他熬夜看球是热血、激情，骆小灵追美剧是不乖、贪玩。

欧利君觉得自己做出的所有决定都是为骆小灵好，而骆小灵呢，不必做什么决定，照顾好他们二人就可以了，反正他们的未来完全可以由他欧利君一肩挑起。

读书时，骆小灵养过一只小狗。她放学回家，小狗扑上来又抓又舔，因为一只狗在家里太寂寞，所以对骆小灵很依赖。时间久了，她可怜那小生灵，于是送给一对老夫妇，自己偶尔去探望。

二人旖旎缠绵时，欧利君也曾经抚过骆小灵的小脑瓜，说她温顺可爱，像一只好乖好乖的小动物。可那毕竟是情话。生活里，谁愿意过宠物的生活呢？他忙他的事情，另一个人丢了自己，去思念他；他闲下来招招手，抱一抱。

欧利君觉得娇小玲珑的骆小灵不会走掉，更何况，他们在一起这么久了。可是骆小灵觉得自己忍耐过，劝说过，威逼利诱过，欧利君却油盐不进，她体内的女王范儿猛地一抬头——

"我不是不会温柔，只是不愿对你温柔。"骆小灵一字一顿地说出。她终于有点受不了了，这次，她要听自己的。

//

麦当娜演唱会开到澳门时，她踩着高跟鞋在舞台上高傲前行，音乐只是她的衬托，节奏一下下被她的鞋跟钉死在地板上，四个壮硕高大的猛男跟在后面亦步亦趋。观众一片尖叫。

她"随机"选了陈奕迅上台，听陈奕迅卖力地唱她的歌，用脚踢陈奕迅的屁股。女王范儿震慑全场，观众为之疯狂。

谁不想威风八面，万人瞩目，豪车开道，所到之处尽是桃心闪闪的眼神？

谁不想遇水桥架起，遇山道自开，挥一挥衣袖，云就来去自如？

所有人都有控制欲，只是要用在对的地方。

生活没有舞台那样光鲜，相反，琐碎、不堪、萎靡、磕绊……随处可见，在生活的夹击下活得恣肆的确不容易，普通女孩没办法如此气场强大，可至少，要做自己的女王吧。

就像王珂，以贤惠如水著称的王珂，是当年我们班男生的梦中情人。

嫁给立志要做"富一代"的刘朗之后，她退居幕后，全力支持丈夫的事业。

几年过去，刘朗果然实现了自己的人生理想，想见识一下更广阔、更新鲜的世界了，于是偷偷跑去找小女生，他觉得没什么，自己只是"犯了天下男人都会犯的错"。不幸被王珂知道，一开始当然是闹，是吵。刘朗道歉、解释，然后不耐烦。

亲戚朋友嘴上骂的是刘朗，言下劝的却是王珂。

"你没有工作，离开他要怎么活？"

"跟刘朗分开，到哪儿找这么会赚钱的老公？"

"只要他的钱还交给你，睁一只眼闭一只眼就过去了。"

王珂哭过、幽怨过，自觉心头的结打不开了，整好仪容去找律师。分割了财产，刘朗搬出了家，王珂脱下古驰手袋和卡地亚首饰，换上职业女装，敲开一家家公司的门去找工作。

月入 3500 元，未来总会涨，加上分割的财产，日子还是能过下去的。王珂戴着黑框眼镜，抱着文件夹等电梯的模样，特别女王。

最亲近的朋友才知道，当时连王珂的父母都暗示她不要离婚，她没听。

"人生苦短，我觉得委屈，想选择不委屈的生活。"一起喝茶时，她对我说，声音还是水一般温柔，"当然有姐妹觉得忍耐不委屈，挤地铁上班才委屈。各人想法不同罢了，我也尊重。"

///

呢喃软语，软玉温香，温柔的女生，人人都爱。

只是，每个女孩心底都还埋伏着一个女王吧。

温柔，但不是无论对方如何对待自己都温柔；顺从，但不是对什么事都顺从；驯服，但对方不是真爱自己绝对不被驯服。

这位女王，平日里不显山、不露水，一旦女主人受到委屈，她会跳将出来，横眉立目，语调铿锵，勇敢果决，为女主人出一口气。

谁不想永远岁月静好，现世安稳，坐在温暖和煦的春日里面朝大海，看春暖花开？可惜这一路，总会遇到荆棘与刺，沙砾与石子。希望每天都有的当然是歌声与微笑，现实里往往遇到了痛苦和烦恼。所以，当断时就是要断，当站起来时就是要站，该说"不"时请别默默低下了头，拒绝和重新来过没有你想象得那么难。

一生中，有展现自己女王范儿的机会，就不要认怂错过。把心底埋伏的女王放出来时，连你自己看着都会喜欢。

- E N D -

2

NO.

不要和
心头有洞的
孩子谈恋爱

/

范艾艾咬着一颗棒棒糖翻新到的杂志，看见时尚教主米尔写道："我爱的男人，胸中有血，心头有伤。"范艾艾心头一动，不愧是自己的"爱豆"，随随便便就说中了自己的心声。

阳光少年人人爱，人人都爱也就意味着寡淡、庸常、缺少特质。特质都缺乏，又怎么会有魅力呢？

范艾艾喜欢的是忧伤沉郁的少年，眉心微皱，语气倦怠，眼神起薄雾，双唇如刀锋。长得好看了更好，外貌分数不高，却有充足的忧郁气质，也能吸引范艾艾。

米尔还写道："心头有伤的男人，如同嘴角、眉梢有一颗黑痣的女人，看似缺陷，却平添诱惑，惹得人想上前一探究竟。"

几行看下来，范艾艾几口嚼碎了棒棒糖，大呼"对啊！"，真是字字句句都在心坎儿上。

此时此刻，范艾艾不知道，再有 68 小时，她就会遇见南卓，爱上南卓，牵手南卓——梦想从此照进现实。

//

　　南卓不主动爱女生，或者说，不主动爱普通的女生——她们要么叽叽喳喳、肤浅无知，要么奇奇怪怪、不可理喻。

　　在寝室哥们儿纷纷去泡妞的时候，他喜欢抱着一摞高深的书，来到图书馆，在太阳光线最充足的位置坐下来，然后开始书海之旅。他南卓也不想主动追求什么女生，他只等着有眼光的女生走上前来，说一句极俗烂又极惊艳的话："嘿，原来你也在这里。"

　　范艾艾，或许就是他说的那个有眼光的女生吧！

　　范艾艾喜欢极了南卓读书时候的认真的侧颜，阳光打在他身上，为他周身镀上一层金色的光芒。他的睫毛和淡淡的胡须成了一团光雾，让他看起来像油画里的人。

　　南卓未见得多喜欢范艾艾，可是一个还不错的女生成了自己的女朋友，无论如何是加分项吧！可是因为没有太喜欢，他会怀疑范艾艾是不是也同样地不够喜欢自己。他一再纠结这个问题，从范艾艾对他的举动中分析范艾艾对他的态度，从而得出范艾艾对他的感情深浅程度。

　　有时候，答案是很深，于是他感动又感慨，眼眶泛泪，心内喜悦。有时候，答案是很浅，于是他大发雷霆，出言不逊。他的判断影响着他的情绪，就像天气状况影响运动员的发挥。

　　范艾艾活泼好动，朋友一大把，南卓却希望他需要的时候，范艾艾都在身边。有一次他心情沮丧，给范艾艾打了几十个电话，范艾艾正好在陪一个朋友，手机调成了静音。等范艾艾拿起手机，看到微信里全都是南卓的自说自话，先是倾诉，后是质问，接着抱怨，最后是对他们关系的不信任，一句句的尖酸刻薄得把范艾艾都给吓傻了。

南卓的最后一句话是："我们分手吧！"

范艾艾虽然不开心，但还是第一时间回去见南卓。一见面，等了她很久的南卓劈头盖脸地发泄了一腔怒火，范艾艾本来觉得自己有错，可是面对这一幕，她也怒从心头起，说："南卓，我不就是有事情没有及时接你的电话吗？你至于这样吗？微信里说了一大堆难听话，我担心你，还是赶回来见你，这还不够吗？你能不能心平气和一些？能不能讲讲道理？你想分手吗？好啊！"

范艾艾噼里啪啦的一通话说完，眼前的南卓可怜兮兮地看着自己，目光从失落到绝望。范艾艾一下子心软了，问他出了什么事，原来日报举办的征文比赛，本来信心满满的他连一个三等奖也没有拿到。范艾艾还以为是什么大事。

然而对南卓来说这是大事。

"没关系。"范艾艾坚定地看着他，"我相信你，下次一定可以。"

范艾艾的确相信他。南卓算得上一个有才华的人，有才华而屡遭挫折，原本不算奇事，何况他的才华还不足以让他大杀四方。只是南卓习惯性地放大自己的悲苦，总是以受害者的心态去面对所有的事情。对了，他的笔记本扉页上写着："这世界，欠我太多。"

///

公平地讲，南卓的确不算一个运气好的人。

他的成长史就像不小心走进了为博人关注而排演的家庭伦理剧。

直到上了初中，南卓才从周围人遮遮掩掩的言辞和闪烁的表情知道他的爸爸并没有去世，也没有出国，而是一直和他在同一个城市生活，只是有另外一个家庭。他问起来，回答他的却是妈妈的一个耳光。

妈妈的脾气不好，也没有其他发泄的渠道，除了南卓。姥姥一家人甚是疼爱南卓，甚至建议南卓跟随条件比较好的大舅舅和大舅妈生活，但是妈妈不同意，没有了南卓，她太孤单。

虽然有南卓陪伴着的时候，也没见她开心到哪里去。

就这样直到读大学，学费不高，且姥姥、舅舅都支持了些，支付完学费还有结余。妈妈冷笑着数完钱，抬手就是一巴掌："都给你钱花，好啊，你是不是觉得你妈特没用？！"南卓被打蒙了。算起来，从接到录取通知书，他一共开心了不到三天，珍贵的三天。

范艾艾是知道这一切的，虽然从未说起，却默默地心疼他，所以才一次次消解掉南卓每周一次的发怒，简直比女生的大姨妈还要频繁四倍……

只是这个世界从来都不是迪士尼乐园，前进的路上总要边奔跑边打怪，努力进攻反而落败的情况常可见到。虽然概率一样，但是挨雷劈的次数总是大于中彩票，这不奇怪，这就是人生。

南卓太难接受这一切，他的心如琉璃般敏感、易碎，他人如那些传奇的艺术家般多疑、神经质。只是艺术家能贡献艺术，他只能贡献自虐。何况，他还有妈妈这个爱无可爱、恨不能恨的终极杀器。

////

一次，南卓给妈妈打电话，二人又吵了起来，说给范艾艾听，范艾艾同情道："你妈妈怎么这样……"南卓伤心起来："你怎么这么说我妈妈？你是不是瞧不起我们家？"这次，轮到范艾艾蒙了。

范艾艾自己也不知道，从什么时候开始，她对南卓的喜欢变成了同情。或者说，她对南卓的感情仅仅剩下了同情。

慢慢地，范艾艾的耐心被蚕食，二人冷战次数越来越多，却没有提出过分手，二人都知道范艾艾对南卓来说多么重要。二人也都知道，如果分手，南卓会多么受不了。

朋友们都发现，那个总是笑嘻嘻的好脾气的范艾艾不见了，她的脾气越来越糟糕，情绪起伏大到让朋友们不敢像以前那样大大咧咧地对待她。她对人和对事的宽容度和同理心在减少，而仅剩的那些，还要用来应付南卓。

有朋友小心翼翼地劝慰范艾艾，她接受安慰，却拒绝建议，最终依旧我行我素。还好，她没有完全和南卓一个样子。

南卓心头的伤已经成了黑洞，他不努力自愈，而是要汲取别人的正能量才能存活，谁在他身边都会觉得累吧。

如果没有足够的能力，请远离心头有黑洞的人，他的负能量会让你充满烦扰，你想伸手拯救，却也一点点被拽走。

我们在等范艾艾解脱的那一天，或者是崩溃的那一天。希望是前者。

- *END* -

在爱里，
做个猫
一样的女孩

/

打开大大的会议室的门，速速回头给大家做了个手势，示意所有人都保持安静。大家都在速速的指挥下屏住了呼吸，让厚厚的地毯吸去脚步挪动的声音，然后静静地坐下来，等待。

之前，速速说，为了庆祝她的生日，找到了一间很少人去过的会议室，借来了投影仪，给大家准备好了蛋糕和汽水，请大家去看电影。

所有人一起欢呼，速速的好点子真是层出不穷。

而且，速速是个大电影迷。基本上，有人输入关键词，速速就能告诉他那记忆里的电影是哪部。她实在看得太多了，所以她选的电影，一定精彩。

于是就出现了最开始那一幕，十几个人到了这间会议室。

灯还未亮起，要吃面前的小蛋糕，必须摸索着来。座位最前面的大大的幕布一片灰白，大家都充满期待地盯着那里。然后，幕布上出现了人影。

幕布后面有人。而且是两个，而且是一高一矮，一男一女。很快，这两个人开始拥抱，互相亲吻。

没有人发出声音，这一幕"电影"的确精彩。那一男一女觉出不对，一把掀开了投影仪的幕布。他俩看到一帮人静静地吃着蛋糕，目光在他们身上，在看他们表演爱情默剧。

这情景太过诡异。女生"啊"地叫了一声，转身跑掉。

男生要走，却感到一双冷目重重地把自己钉在原地。那目光，来自速速。

留下来的男生，是速速的男朋友。

//

有没有想过，遇到爱之后，你会成为什么样子？

周身都被宠溺笼罩着，可以像小孩子一样撒娇、任性、赌气；无时无刻不感受到来自对方的关注，下不了的决心都能找人商量；遇到了挫折也有人和你一起应对；你们一起吃的每一口食物都那么香甜，你们一起做的每一件事情都兴致勃勃——尽管那些事情在别人眼里都是无聊的。这个世界换上了甜美的表情，对着你们徐徐微笑。

爱，真是这个世界上最美好的事。

从此之后，你的世界和他的世界打通了，在人生里，你遇到了可以齐头并进的人。

所以，如果告诉你，你的世界将要被攻陷，你的领地将要被占有，你一定摇头表示拒绝。如果来者是你的爱人呢？你会回答愿意的吧。

可是速速不。

她一定要在生活之中保留一小块，无论她有多么爱对方。

那一小块里，存放着她的自我。

不，并不是说她对高琦的爱有所保留。我们每一个人都知道，她从遇见高琦，遇见心动的那一刻，整个人都像是被点化了。

她遇见了漂亮的衬衫，就会想，高琦穿上会怎样；高琦胃不好却又贪吃，她想方设法做好吃、易饱腹、有营养又养胃的食物给他——正常人都知道，这些简直彼此矛盾的词组合在一起，要达成目标有多难。

在她眼里，没有谁比高琦更可爱了。她发自内心地欣赏他，以至于在她的支持下，他能发挥出更大的潜力；而在遇到失败之后，因为她的缘故，高琦也会很快重新站起来。

但是，她还是要保留那一小块。这不需要刻意地坚持，而是自觉，是本能。

有朋友笑她："速速看上去是挺柔美一个女孩，怎么这一点上跟男孩一样？"

我正色道："你一定没有养过猫，比起像男孩子，她更像一只猫。"

以及，又不是只有男孩子才需要一处地方来安放自我，女生也需要。

///

速速人很聪明，不是"一脸精明"的那种聪明。和她交流过的人都知道，她有智慧，而且温柔，她静静地面带微笑偏着脑袋听人说话的样子，留在好多人的心里。

但是，和她交流过，并不代表就和她成了"自己人"了。你欣赏她，和她欣赏你是两码事。更何况，她最不爱混圈子。

她对人友善，可是周身依然散发出落花人独立的气质。

她对着墙壁练习网球的时候，静静看书的时候，都让人觉得孤独，可是她明明享受这种孤独。

男生和女生都崇拜她。

唉，说到这里，我想说，高琦啊高琦，群众对你寄予厚望，觉得终于出现了能将速速"拿下"的人了，你却做出如此龌龊的事情……

谁都知道速速是个独立、自尊得像猫一样的女生啊！你干吗挑战她？

因为她曾经温驯地在阳光里挽起你的胳膊？因为她甜蜜地吃掉你送到她嘴里的一颗棉花糖？因为她柔顺地靠在你的肩头，任你抚摸她的头发？

她享受爱情，也为爱情付出，可不代表她可以为了爱献出自尊。

要知道，猫一样的女孩一旦被触犯底线，事情就再无回转的余地了。

////

高琦可能误会了，以为像他和速速这样炽热的感情，即使泼上一点冷水，也不会有太大的影响。

或者，他以为对方会像别的懦弱的女孩，遇到男友做了过分的事情，最多哭一哭，吵一架，买一款包就能哄好了。

他可不知道，速速比一般的女生更善妒。

"妒妇"从古至今都不是个夸人的词，速速却说，那些劝女人不要嫉妒的人其实心怀鬼胎。在爱情里，女人在什么情况下会嫉妒？在觉得自己的感情受到威胁时。

而女人的感觉往往很准。感情遇到威胁却不准嫉妒？怀着这样的要求的人，一定一开始就没准备尊重一段感情。

有道理。

所以，当高琦的心门被别的女生叩响时，速速从来都不掩饰自己的妒忌。毕竟，高琦高大俊朗，遇到的诱惑还是很多的。

曾经在网上看到一段讨论，让大家聊一聊，恋爱里男生说什么话最让人生气。得票最高的是"你要这样想我也没办法"，其次是"你随便吧"，因为这两句话透着有恃无恐的厚脸皮、不想负责的敷衍、倒打一耙的无耻、不把对方的感受当回事的轻慢。

速速觉察到高琦和别的女生暧昧的苗头，提醒了他，他收手。过了段时间，他又犯毛病，而且苗头有破土成芽的势头。被速速质问时，他就用了这么一句："你要这样想，我也没办法。"

速速的目光骤然冷下来："高琦，你要一定这样，我们的感情可能不能继续下去了。"

高琦可能习惯了速速小猫咪一样的温柔，脱口而出："你随便吧。"

他以为，速速不会那么决绝。

这还罢了，更过分的是，遇上这样的事情，速速还没诉苦呢，高琦开始对其他人抱怨速速，甚至会隐晦地提及速速的私事，以证明他本人的无辜、速速的过分。

/////

在爱情里，猫一样的女孩最讨厌的，无非是冷落和欺骗。

不得不说，她们是正确和敏锐的，因为这两种情绪一出现，往往是不爱的标志。

冷落还好，直接说分手就好。为什么要欺骗？是要侮辱对方的智商吗？

看速速并不和自己吵闹，高琦继续享受起速速的温柔，他甚至在速速生日的时候，说自己的姥姥突然发病进了医院，他没办法陪速速了。撒这么大的谎，为的当然是了不得的约会。

速速不动声色，任他去，却暗暗下定了要给高琦一个教训的决心。

于是，有了开头那一幕。

看着众目睽睽之下的高琦脸色由白转黑再转绿……作为速速的朋友，我们先是惊讶，继而拍手称快。看多了隐忍的"包子"，猫咪的利爪一出现，让人觉得痛快。

我希望你在爱里做个猫一样的女孩。爱的时候全情投入，打滚、蹭脸、求抱抱；被背叛的时候，迅速撤离，不用黏黏答答、犹豫不决、浪费生命。

我希望你在爱里做个猫一样的女孩。爱并不能让你丧失独立的人格，不能损害你骄傲的倔强。

然后，一直一直，活得恣意、随性。"喵呜"。

- E N D -

我低微、不美、平庸，可我
得到了男神

/

我使用的社交软件整天推送广告："就是使用这款交友 App，我遇到了高富帅！"旁边的配图是一个外表中下的女孩依偎在一个帅气逼人的男生身边，男生一脸宠溺地看着她。

这么简陋的广告，据说推出之后，效果还不错，可见姑娘们是多么渴望遇到自己的白马王子了，换句话说，对姑娘们来讲，生活里的"非白马王子"是何其多啊。

活了这么多年，关于条件不那么好的姑娘遇到了条件不错的男孩的故事，迄今给我留下深刻印象的是池莉老师的作品。池莉老师在小说里写一个家庭条件差劲的文化不高的女孩，如何和一个高级知识分子家庭的工作体面的男孩走到了一起。抛开二人性生活和谐不谈，我觉得有三点很重要：1. 男孩觉得自己的家庭气氛过于庄重、生硬，向往充满烟火气的家庭环境；2. 男孩没有生活经验又大男子主义，女孩温柔且把他的生活照顾得妥妥帖帖；3. 男孩家的父母清高却不善于处理人际关系琐屑，女孩的父母在底层摸爬滚打，对人心把握到位。

写的是 20 世纪的故事，如今读来已是陈旧，但是道理尚可总结：一个人需要的，在另一半身上能得到满足，否则二人就无法走到一起。

　　就像说相声，郭德纲的相声说得那么好，而且他是逗哏，大家普遍觉得逗哏比捧哏的技能高。可是，听一听他给岳云鹏捧哏的相声，会发现，出来的效果还不如孙越这个大胖子捧的。

　　另一个故事是我多年前在网上某直播贴看到的，一个相貌平庸的女"学霸"和一个家境不错的大帅男在校园论坛认识然后相恋。从自述的语气里可以看出来，姑娘父慈母爱家教好，人又博闻强识，幽默风趣，敏感聪慧，大帅男先喜欢上了女孩的性格，见面之后则忽略了她的外表，反而觉得女孩的塌鼻梁和细眼睛都很可爱呢——瞧，什么叫情人眼里出西施。

　　媒体和自媒体们不地道，简单粗暴地告诉小男生小女生：爱情就是看钱加上看脸。搞得年轻人们在爱情这种美好的事情面前都生出了一口戾气，不是哀叹钱难赚，就是怒喷脸难看，看上去是对别人短板的讥讽，本质却是对自己的刻薄。但其实呢？开什么玩笑！爱情明明是看二人在一起的舒适度好吗？

　　//

　　在爱情里，看重舒适度的人，往往是内心满足又强大的人。这种人，要么已经实现了自我，要么在实现自我的路上，所以外在条件都不会差；要么虽然看起来硬件不够出类拔萃，但是心胸平顺，知人懂事，和这样的人一起生活，生活的愉悦度会高出许多。

与此相比，整日强调钱和颜的人，心中的空洞不是一沓子钱或者一个美貌的人所能填平的。

有个姑娘跟我吐槽，说太没天理了，她们单位有一个很招人喜欢的男生，她觊觎很久，好不容易鼓足了勇气准备追了，对方却宣称有女朋友了，是在和有业务往来的公司一起做活动的时候认识的。同样是女生，大家都懂的，自己喜欢的人若是被林志玲夺走了，也没什么好说的，偏偏被一个又矮又黑的女生收了，你说气人不？

大家都是一个系统的，这个姑娘喜欢的男生的女朋友，我跟她打过几次交道，她相貌平平、家境平平，连名字也平平，叫王丽，但一直都是个异性缘不错的女生。说来也巧，我的一个朋友也追过她。

我的朋友王大米，不说大富大贵吧，也算本市一个小小的单身贵族，也有姑娘或明或暗地对他示好过，可他一直都是一副不近女色的样子，还出言不逊"女生还没有游戏有趣！""车当然比姑娘重要！"

可是后来，他羞答答地告诉我们，他看上了王丽，我们讥笑他，他大言不惭："我也不能一直不食人间烟火，掐指一算，也到了该动凡心的时候了……"

王大米想追王丽，但是又不好意思直说，就制造了机会大家一起玩。王丽笑嘻嘻地听大家聊天，该吃吃，该喝喝，一点也不矫揉造作。谁离哪道菜远，她就用公筷夹过去，然后继续听在座一个倾诉欲强的人吐槽，一脸"我都理解"的表情。王大米的朋友是什么人，是我们这一群彼此不服的文艺青年，不是钢琴八级，就是思想深刻，最不济也写个作啥的。王丽显然不文艺，可是她平心静气地听大家聊，还适时提出问题，那问题总是搔到痒处，充分满足了我们的表现欲。

以后和王丽打交道多是因为工作，她从不有意表现自己，但是把事情拾掇得利利落落，无论是和我们公司的男性同事，还是和女性同事交流，都不凸显自己的性别，而是作为一个"公司人"的形象出现，大家都喜欢和她打交道。

///

我一个叔叔，是我们当地一家连锁饭店的老板，除了有钱，人长得也精神。传言中，土豪身边搭配的都是青春靓丽小妹妹，可是我那位婶婶腰粗腿壮，外形可敦实了……

他们靠卖馄饨起家，那时候，两个人一大早就要起床，准备面皮、调馅。日子挺苦，可是婶婶不觉得，她原本就很能干，也爱干，她认为只要有事可做，日子就能过下去。我叔叔不是个天性乐观的人，可想而知他从我婶婶这边得到了不少能量。

他们由一个馄饨摊发展到馄饨店，熟客们都知道，这家馄饨店的老板娘特别爱开玩笑，有时候边包馄饨还边奚落老板，老板就一脸甜蜜地听着。我叔叔说，听见婶婶有心情拿他开玩笑，心里就踏实。

二人的馄饨店迅速发展成大饭店，又发展成连锁店，请了 CEO 专门管理，自己闲下来了，去喝个茶，旅个游什么的，弥补年轻时候整天忙碌的遗憾。婶婶对新事物有兴趣，爱学个电脑、玩个智能手机、上个摄影课啥的，叔叔就依然饶有兴趣地看她摆弄这些，他们俩的亲生儿子都连呼嫉妒。

我这位叔叔，也不是没有过"艳遇"，可他百毒不侵。不是他不近人情，实在是心有姊姊，无暇他顾，懒得接招啊。

　　我有一个好朋友是陈奕迅的铁粉，和大部分男明星的粉丝一样，她也瞧不上自己"爱豆"的伴侣。看见陈奕迅太太徐濠萦打扮得光怪陆离地出入各大时尚场合，她就捶胸大叫："Eason 哪！你为什么不娶个好一点的老婆啊！"在她眼里，徐濠萦要模样没有，要品位不足，整天就知道拿着陈奕迅的钱买买买，简直挑不出优点来。人家陈奕迅可是很宠爱自己老婆的，人家说了："老婆花的只是零头，她想买什么就让她买。"一句话，"我愿意"。二人至今出入依然手牵手，不说感情多炽热了，至少看起来在家里的地位平等，互相尊重。

　　////

　　爱情是这个世界上最美好的事情之一，如果可爱的、善良的姑娘们，被钱和脸弄得沮丧无比，遇到喜欢的人却不敢接近，遇到曼妙的爱情却敬而远之，那就太令人遗憾了。有一句特别令我厌恶的话，"没有人想 fuck 你的灵魂"，说这话的人到底是有多猥琐。我找的是男朋友，男朋友的"功用"不仅仅是床伴——那是对男友的侮辱。

　　展示并放大你好的一面吧，如果男神因为外在的因素拒绝你，那么，他也不配成为你的男神。

- E N D -

5

NO.

女生的镜子
都是魔镜

/

　　我有一个上司，出现在众人面前时总是元气饱满，面带友善的微笑。就算忙到了下午，她的发型也丝毫不凌乱，妆容依旧干净明朗。而其他人，到了快下班时，多是一脸土色、两眼疲惫了。

　　有一次，下班时大家一起等电梯，忙了一整天，大家多是灰头土脸、气若游丝的模样，她站在人群里，整体散发出的感觉却像刚睡足了觉，晨练完又冲了个热水澡，让人眼前一亮，真是赏心悦目啊。

　　当然，这是衣着、妆容、精心冲泡的花茶、保湿喷雾、办公室运动、补充能量的食物等综合在一起的结果。

　　然而，她怎么能时时关照到自己的状态？

　　她的办公桌上摆着一面镜子，工作思路不畅时会向镜子里看上一眼，被自己皱着眉头苦苦思索的样子逗得一乐，然后理理头发，整理下仪容，继续在键盘上噼里啪啦。

　　她座位旁边的墙上也贴着宜家的贴墙全身镜，出来进去的时候，往镜子里看一看，歪了的领口、起了皱褶的裙摆，就顺手捋平了。暗淡的面容、脱色的双唇，也能及时护理。所以，她出现在大家视野里时，总是整洁的样子。

她是同等职位里最年轻的一个，有什么难解决的问题，大家都会想到让她试试，这样一来，她也更加自信，更加善于反馈、调整。这样的良性循环，自然让她得到更多提升。

一个连自己都收拾不好的人，凭什么赢得别人的信任？

而一个时刻保持干净大方的人，无论做什么事情，大家都会觉得靠谱吧。

//

有句俗语用来讥讽某个人没有自知之明："也不照照镜子看看自己"。这说明什么？这说明要认识自己、要知道自己在大家眼中是什么样子，揽镜自照是最基本的动作。

前些年，明小茗遇到了几件让人郁闷的事情，说大不大，说小不小，但那些事情让她心情低落，所以，她总是面容紧绷，目光生冷，渐渐地，这样的神情成了她的习惯，看起来好像不愿意和任何人接近。

想起她，大家会说："明小茗啊，那个不好相处的女生啊……"瞧，这就是她留给别人的印象。

可是，那些让人郁闷的事情过去了之后，愿意走近她的人也很少，这让明小茗一直开心不起来。

因为她觉得照镜子的女孩很"臭美"，所以若非必要，她绝不会去看镜子的。如是，又过了一段时间。

有一次，妈妈拉她去逛街，她在等妈妈试衣服的时候，无意间看到一个人，表情僵硬，拳头紧握，绷起的嘴唇像是充满怒气。明小茗吓了一跳，再一看，那是面镜子，她看到的是镜子的自己。

事后，明小茗对朋友感慨，看着镜子里的自己，她明白了为什么大家不愿意接近她，就连她自己也会反感那样一副模样的人啊！

和美丑没有关系，有些人让你看了就觉得亲切，有些让你一见就敬而远之，那些经常看到镜子里的自己的女孩，自然会避开惹人生厌的神态、表情、肢体动作吧。

///

我之前的舍友丸子，她贪吃又不爱运动，胖胖的，这让她老有种自卑感，不愿意面对自己。也因为自认不是美女，她觉得自己"不值得照镜子"。

就连和小伙伴一起逛商场，她的目光也不在镜子里多停留一秒。

走在路上，不小心在玻璃门之类的地方看到自己，她也会把目光快速移开。

她有许多无伤大雅的小毛病，比如爱用手在自己脸上抓抓这里，抓抓那里，比如吃东西的时候伸出舌头，比如表达反对意见就翻个大大的白眼。

有一回，大家去一个雅致的餐厅吃饭。餐厅的设计很巧妙，沙发座椅背后是宽且高的深色的镜子。

席间，大家突然发现，丸子居然很收敛。把饭菜送到嘴里时不再伸出舌头了，在脸上用手抓挠的动作也不见了。

有人提起一个丸子不喜欢的人，说那个人也是有一些优点的，丸子"切"了一声，却没有像以往那样翻白眼。

她吃一口东西，就悄悄在对面的镜子里看一眼自己。事后，她告诉我们，有一些动作和表情啊，"简直丑死啦"。

而同席一个优雅的女孩，有着柔顺的头发，浅笑盈盈的眼睛，像时刻准备着要面对镜头。一问，果然，手袋里一面小镜子是离不了的。

////

舞蹈教室四面墙都有大大的镜子，为的是让你看清楚自己的每一个动作，是不是足够舒展、足够美。

若不管不顾，全凭自己的意志伸胳膊动腿，出来的动作大多不好看。

人哪，总先要认识自己，而后才能调整得更好，不是吗？

而我们每一个人，都会本能地把仪态大方和自律、内敛、细致、整洁等词联系起来。至于好的仪态本身带来我们的愉悦感，更不必说。

所以，爱照镜子的女孩运气不会太差。说了这么多，并不是让你"臭美"哦，而是要你多多审视自己，快去看看，脸上有没有脏了一块。

再说啦，心情不好的时候，也可以好好对镜自恋一下啊。

- E N D -

I Hope You Have an Independent and Wonderful Life – 愿你独立美好地过一生

6

敌视同性，
其实是
瞧不起自己

/

金子一年要忐忑好几次：元旦，农历新年，三·八妇女节，自己的生日。

每一次过节，都好像一个旧的阶段过去了，一个新的阶段开始了，跟被人提醒着一年长了四岁一样。

还真有人提醒金子。

那是一个娇小水灵的小姑娘，比金子小好几岁，没有男朋友的时候总爱拜托金子干这个，干那个，好像比她大的女人存在的价值就只剩干活儿了一样。

有了男朋友之后，活儿倒是有人给干了。她见了金子老是带着一副讶异的神情："女人可不能没人爱，单身多无聊、多孤单、多凄凉啊！"

当初拜托金子的时候，她嘴巴很甜，"金子姐"叫个不停。金子并不喜欢这个称呼，可是她很快就觉得，这个称呼已经很对得起她了。

金子的工作能力不错，为公司创造的效益多，奖金自然也拿得多。"娇小水灵"工作经验少，也不愿意吃苦，到手的收入自然比金子低了好几个台阶。

这天下午开会，金子被表彰了，公司很现实，知道光给荣誉没什么意思，荣誉之外还给了金钱奖励。

会议间隙金子突然肚子不舒服，去卫生间，听见隔壁间有人在打电话，听那人在电话里形容的人物，虽然听起来比金子老，还比金子丑，而且比金子缺男人，但是说的分明正是金子。一段话结束，还恶狠狠地加上一个称谓："老女人"。

那是"娇小水灵"的声音。

金子像是被刺了一样，浑身都发烫。可是一想，自己又没有做错什么，没必要为之难受。只是在之后的日子里，她对"娇小水灵"都退避三舍。

金子和小姑娘都不知道，很巧的是，她们人过中年的女上司当时也在卫生间。女上司可不是软心肠，小姑娘那打击一片的一通电话自然把她惹到了，没过几天，"娇小水灵"就因为一个疏漏，被狠狠批了一通，随之被闲置起来。

金子人好，给我们讲这件事情，还略带惋惜地问我们："你们说说她这是何必？"

她没有任何理由地对同性缺乏善意，尤其看不起"保鲜期"结束的女人。她心怀愤懑，口出恶言，对自己又有什么好处呢？

这个她，指的是"娇小水灵"。

//

视同性为敌人的女人，一直都存在。

她们视男性为生存资源，而其他女性自然是和自己争夺资源的人。她们没办法理解拥有自我、内在丰富的女性，她们判断女性价值的标准，就是有没有男人爱，或者说是有没有优质的男人爱——如果有，就是"绿茶""臭三八"；如果没有，就是"老女人""死三八"。

好好的为纪念妇女权益而生的数字，居然成了一句难听的脏话。

那天罗妮被气得在我们面前大哭，知道原因的我们都惊呆了。

原来，罗妮这样"五讲、四美、三热爱"的老好人，和谐校园的典范，居然被匿名短信追骂，说她蓄意拆散金童玉女，说她第三者插足，厚颜无耻。

细细想来，罗妮每天除了去教室上课、去食堂打饭，就是去操场跑步了，也没有时间做什么恶劣的事情啊。

罗妮回复信息，解释、询问，她一度认为对方弄错了人。

对方可能是被罗妮的态度弄烦了，脱口而出："别装了，今后离石俊远一些。"罗妮愣住了，回忆了半天，也想不出来这个石俊是谁，她班里也没这个人啊。

路见不平拔刀相助的露露姐，看不过罗妮无辜挨了一顿骂，出手打探，方知道事情的始末。

石俊是个男生（废话），和罗妮一起上过大课，先是觉得罗妮的名字挺特别，然后就觉得这个女生安静又好学，无意间在自己女朋友面前夸过几句。夸赞这几句不要紧，女朋友马上绷紧了神经，开始为"可能要被夺走男友"担心起来。

石俊也许是感觉到了自己在女友心中的分量，也许是喜欢看见女友吃醋的样子，也许……就是纯属找事吧，反正他更加多次数地提起罗妮、赞美罗妮，于是就给罗妮招来了骂……

真是无妄之灾啊。

同学们纷纷为罗妮鸣不平："那个女生也太粗鲁啦！拜托，能不能讲讲道理啊，人家罗妮完全不知道发生了什么！再说了，就算你们的感情出现了危机，第一时间不是应该找你男友去谈吗？再再说了，你男友，人家罗妮压根儿也看不上啊！"

///

真想告诉这些女生，敌视同性，其实就是瞧不起自己。侮辱同性的那些话，一句句都是在侮辱自己。更重要的是，你对自己的身份丝毫没有认同感，在心底深处，你并不爱自己，这样的你，或迟或早，都会被人像抛掉一团旧棉絮一样抛弃。

就像我的朋友骆小雯，她尊重每一位朋友，善待每一个同学。她可不会因为一个人的性别而左右了自己对人的态度，女同学当然有女同学的优缺点，男同学当然也有男同学的优缺点。为了异性伤害同性的事情，她做不出来。

而我们都认识的一个女生娟娟则不一样。她好像有两副面孔，在男生面前温柔礼貌，在女生面前毫无顾忌。她总是善于为男生着想，在女生面前则没那么善解人意。她的确不缺男朋友，不断地陷入一段又一段恋爱，可惜在爱情里，她总是不断地付出，不断地陷入别人要抢她男友的幻觉里，最后精疲力竭，不了了之。而当她的感情遇到问题的时候，连一个能听她倾诉，为她出出主意的同性朋友都没有。

　　我喜欢的一个微博博主提起过一种受人喜欢的女生类型："她们永远不会恶意揣度同性的私生活来彰显自己忠贞，不会对同性怀有性别之上的认同，可以因为女性这个身份得到眷顾，但不会挟持这个身份。"这样的女生，多么可爱！

- E N D -

图书在版编目（CIP）数据

愿你独立美好地过一生 / 趴趴著 . — 北京：北京
联合出版公司 , 2017.2
ISBN 978-7-5502-9431-8

Ⅰ . ①愿… Ⅱ . ①趴… Ⅲ . ①短篇小说—小说集—中
国—当代 Ⅳ . ① I247.7

中国版本图书馆 CIP 数据核字 (2017) 第 003408 号

愿你独立美好地过一生

作　　者：趴　趴
责任编辑：喻　静　牛炜征
产品经理：夏　至
特约编辑：程彦卿

北京联合出版公司出版
（北京市西城区德外大街 83 号楼 9 层　100088）
北京联合天畅发行公司发行
北京山华苑印刷有限责任公司印刷　　新华书店经销
字数：191 千字　　880mm×1230mm　　1/32　　印张：8.5
2017 年 3 月第 1 版　　2017 年 3 月第 1 次印刷
ISBN 978-7-5502-9431-8
定价：36.00 元
